O PRÍNCIPE FELIZ
e outros contos

O PRÍNCIPE FELIZ
e outros contos
OSCAR WILDE

— TRADUÇÃO E ADAPTAÇÃO —
Paulo Mendes Campos

— PREFÁCIO —
André Seffrin

— ILUSTRAÇÕES —
Alexandre Camanho

4ª edição

EDITORA
NOVA
FRONTEIRA

Título original: *The Happy Prince and Other Tales*

Copyright © 2023 by herdeiros de Paulo Mendes Campos

Copyright da ilustração © 2023 by Alexandre Camanho

Direitos de edição da obra em língua portuguesa no Brasil adquiridos pela EDITORA NOVA FRONTEIRA PARTICIPAÇÕES S.A. Todos os direitos reservados. Nenhuma parte desta obra pode ser apropriada e estocada em sistema de banco de dados ou processo similar, em qualquer forma ou meio, seja eletrônico, de fotocópia, gravação etc., sem a permissão do detentor do copirraite.

EDITORA NOVA FRONTEIRA PARTICIPAÇÕES S.A.
Rua Candelária, 60 · 7º andar · Centro · 20091-020 · Rio de Janeiro · RJ · Brasil
Tel.: (21) 3882-8200

DADOS INTERNACIONAIS DE CATALOGAÇÃO NA PUBLICAÇÃO (CIP)

W671P Wilde, Oscar

O Príncipe Feliz e outros contos/ Oscar Wilde; tradução e adaptação de Paulo Mendes Campos; ilustrações de Alexandre Camanho. – 4.ed. – Rio de Janeiro: Nova Fronteira, 2023.

120 p. ; 15,5 x 23 cm

ISBN: 978-65-5640-553-7

Título original: *The Happy Prince and Other Tales*

1. Literatura irlandesa - contos. I. Campos, Paulo Mendes. II. Título

CDD: 823
CDU: 823

André Queiroz – CRB-4/2242

CONHEÇA OUTROS
LIVROS DA EDITORA:

SUMÁRIO

Prefácio
7

Introdução
9

O Príncipe Feliz
13

O gigante egoísta
23

O amigo fiel
29

Um foguete extraordinário
39

O rouxinol e a rosa
51

O reizinho
57

O aniversário da infanta
69

O menino-estrela
83

O pescador e sua alma
95

— *Prefácio* —

O IRLANDÊS E
o brasileiro

"A CASA DA POESIA TEM SETE PORTAS E SEIS CHAVES." Essa frase inicial não é minha nem de Oscar Wilde, grande escritor e epigramista de gênio. Quem a escreveu, lá pelos idos de 1968, foi outro grande escritor e amante de frases de efeito, Paulo Mendes Campos, que aqui traduziu e adaptou estes contos fabulosos de Wilde.

Pois *O Príncipe Feliz e outros contos* é uma pequena antologia de histórias do famoso irlandês nascido em 1854 e falecido em 1900 e que no Brasil teve o sortilégio de ter sido traduzido e adaptado por escritores como João do Rio e Paulo Mendes Campos. Sem esquecer que Wilde e Mendes Campos, além de escritores importantes cada qual a seu modo e lugar, encararam com fervor as alegrias e asperezas agônicas proporcionadas por suas vidas de artista. Ambos foram de fato grandes frasistas, extraordinários cultores de alegorias e parabólicas afirmações que encerram verdades maiores sobre vida e arte em pequenas cápsulas narrativas.

Assim são as histórias deste livro, histórias que nos dizem mais do que imaginamos sobre os enigmas que nos cercam, sobre abismos de amor, destino, morte, sobre a sociedade cruel e a vida que vivemos ou imaginamos viver ("O aniversário da infanta"). A vida que se vive e aquela que se imagina viver — uma anularia a outra? De modo algum. Uma complementa a outra e vice-versa, uma vez que, para Wilde, viver tem muito dos sonhos ("O reizinho") e cabe ao artista alcançar esses inusitados desenhos e sugestões.

Sim, em quase tudo que escreveu, Wilde abriu portas para a decifração de segredos que se enovelam e nos inquietam. A chave de que o artista não deve enxergar o mundo como ele se apresenta, sob pena de comprometer sua arte, é, para Wilde, algo incontornável. A arte não deve apenas espelhar a vida, em geral mediana e pobre de cores; a arte, ao contrário, deve antecipar-se à vida, esta estação de partida que nos impõe buscas intermitentes e que são nosso selo existencial.

Se todas as histórias já foram contadas e a realidade, em última instância, é banal, desinteressante e repetitiva, é dever do escritor a revelação de outras paisagens possíveis. Contar as mesmas histórias, mas de um modo outro, e trazer delas alguma coisa da qual nunca nos demos conta. Em Wilde isso acontece muitas vezes por meio do imprevisto, do bizarro, do paradoxal. E são sempre histórias fantásticas, que nos intrigam e transformam.

Mais: aqui temos também os conflitos maiores que alimentam a ficção de Wilde, ora banhados no humor satírico, ora no patético das alegorias. Sem ignorar que um dos principais eixos de sua obra é o confronto com a ordem burguesa ("O amigo fiel") somado à ideia da supremacia da arte, ao ponto de transformar sua própria vida em arte, como fez de maneira consciente e trágica. Por suposto, somos os lobos de nós mesmos, no espelho a um só tempo algoz e vítima, iguais na glória e na miséria.

Eis um dos tantos mistérios wildianos traduzidos pelo brasileiro Paulo Mendes Campos, aos quais poderia servir de epígrafe a sua frase iluminadora: a casa da poesia tem sete portas e seis chaves.

— André Seffrin

— *introdução* —

AS LITERATURAS PRIMITIVAS se exprimem com muita frequência e espontaneidade por meio de parábolas. Na parábola, a trama anedótica não é um fim, mas um meio, o instrumento que serve para caracterizar uma profunda experiência humana de valor permanente. Os velhos contos mitológicos encerram praticamente toda a gama das vivências do homem. As histórias de Narciso, de Sísifo, de Édipo e todas as outras do mesmo naipe hão de ficar para sempre como uma espécie de anatomia da alma. São os pontos de referência a que teremos sempre de retornar; a nossa civilização tecnológica não diminui a importância desses mitos, pelo contrário, é neles que a ciência psicológica moderna encontra os paradigmas das mais recônditas experiências humanas.

Escrever novas parábolas ou alegorias, contribuir com uma ou algumas histórias para esse patrimônio intemporal e universal é uma ambição de todos os escritores. Pois aquele que consegue compor uma alegoria válida será lido: em todos os tempos; por todos os povos; por todas as classes; por todas as idades.

Poucos são, no entanto, os escritores que possuem o dom dessa simplicidade alegórica. O irlandês Oscar Wilde foi um deles.

Todas as histórias contidas neste livro gozam dessa novidade eterna dos antigos mitos; podem servir de alimento às almas de todas as idades.

Ao adaptá-las, meu intuito foi ampliar ainda mais essa grande faixa de interesse, eliminando as dificuldades de sintaxe ou de vocabulário que pudessem afastar das narrativas de Wilde a juventude que se encontra vivendo as primeiras encantadas experiências da literatura.

— Paulo Mendes Campos

O PRÍNCIPE FELIZ

NA PARTE MAIS ALTA DA CIDADE, havia uma coluna, em cujo topo ficava a estátua do Príncipe Feliz. Era toda coberta de finas folhas de ouro; os olhos eram duas safiras brilhantes e um enorme rubi enfeitava o punho da espada.

— Parece um catavento, de tão bela! — disse um político que gostava de fazer frases de efeito. — Embora um catavento seja mais útil — acrescentou, receoso de que o tomassem por um homem de ideias pouco práticas.

— Você devia ser como o Príncipe Feliz! — falou uma senhora para o filho. — Ele nunca chora nem pede nada.

Um homem triste, olhando a estátua, exclamou:

— É a única pessoa feliz deste mundo!

Um menino do orfanato achou que o Príncipe parecia um anjo, para grande espanto do professor de matemática:

— Como assim? Você nunca viu um anjo!

Respondeu que sonhava com os anjos; o professor fechou a cara, pois não gostava que os meninos sonhassem.

Uma noite, chegou à cidade uma andorinha. Há seis semanas que suas companheiras, fugindo ao frio, tinham voado para as terras quentes do Egito; ela se atrasara por estar apaixonada pela beleza de um caniço, encontrado ao acaso, quando perseguia no rio uma borboleta amarela.

— Você quer ser meu namorado? — perguntou a andorinha, que nunca perdia tempo com muita conversa.

O caniço concordou, inclinando-se com elegância. Ela ficou esvoaçando em torno dele, fazendo ondulações prateadas na água com as pontas das asas.

— Que namoro mais bobo! — exclamavam as outras andorinhas.

Quando as amigas partiram, a andorinha começou a enjoar-se do namorado:

— Este caniço nunca diz uma palavra! Além do mais, é bem possível que ele esteja também de namoro com a brisa. Ainda por cima, quero casar-me com alguém que adore viajar.

Um belo dia, cansada daquela vida, perguntou ao caniço:

— Você vai ou não vai comigo para o Egito?

Muito apegado à terra natal, ele disse *não* com a cabeça. A andorinha não gostou:

— Quer saber duma coisa? Você não me serve. Vou visitar as pirâmides do Egito. Adeus!

Voou um dia inteiro e chegou à cidade, instalando-se aos pés da estátua do Príncipe Feliz.

— Que beleza o meu quarto dourado!

Quando ia enfiando a cabeça debaixo da asa para dormir, caiu-lhe em cima uma grossa gota d'água.

— Que coisa esquisita! — exclamou. — Está chovendo com o céu todo estrelado! Que clima horrível!

Já abria as asas para sair dali, quando caiu uma outra gota. Olhou para cima e viu... Ah, imaginem só o que viu a andorinha?

Os olhos do Príncipe Feliz estavam cheios de lágrimas, e lágrimas corriam-lhe pelas faces de ouro. Era tão bonito o rosto dele, à luz do luar, que a andorinha se sentiu comovida.

— Quem é você?

— Sou o Príncipe Feliz.

— Se é feliz, por que está chorando? Estou toda molhada!

— Quando eu era vivo — respondeu a estátua —, tinha coração de gente. Nem sabia o que era choro, pois morava no Palácio da Boa Vida, onde a tristeza era proibida de entrar. Durante o dia, brincava com meus amigos no jardim e à noite dançava no salão de festas. O jardim era cercado por um muro muito alto, e nunca me dei ao trabalho de perguntar o que se passava lá fora. Tudo em torno de mim era bonito. Chamavam-me de Príncipe Feliz. E eu era realmente feliz, se é que se pode dar o nome de felicidade às coisas boas da vida. Assim vivi e assim morri. Depois de morto, colocaram-me aqui no alto, de onde posso ver todas as misérias da minha cidade. Mesmo com um coração de bronze, não consigo reter as lágrimas.

"Ué! Pensei que o coração dele também fosse de ouro!", disse consigo mesma a andorinha.

A estátua continuou a falar mansamente:

— Lá longe, num beco, há um casebre. Pela janela aberta, vejo uma pobre mulher, a face magra e cansada, as mãos feridas pelas agulhas de costura. Está bordando flores roxas em um vestido para a mais bela dama da corte. Na cama a um canto, o filho doente pede à mãe uma laranjada. Ela só tem para dar a água que apanha no rio. Andorinha, minha boa andorinha, será que você podia levar para aquela mulher o rubi da minha espada?

— Estão me esperando no Egito. Minhas amigas já estão a passear pelo rio Nilo. Não posso me demorar mais.

— Andorinha, andorinha, fique comigo uma noite; seja a minha mensageira. O menino está ardendo de febre e a mãe dele está morrendo de infelicidade!

— Sabe, eu não me dou bem com criança — replicou a andorinha. — No verão passado, dois garotos viviam me dando pedradas. É claro que nunca me acertaram, pois sou de uma família espertíssima. Mas não gostei da falta de respeito!

O Príncipe ficou tão triste que a andorinha teve pena.

— Está bem; apesar do frio que está fazendo, passarei aqui uma noite.

Arrancou o rubi da espada do Príncipe e voou com ele no bico por cima dos telhados da cidade. Quando passou pelo Palácio, ouviu música e viu uma linda moça que namorava na sacada.

— Como são lindas as estrelas! — disse o rapaz. — E como eu te adoro!

— Espero que o meu vestido esteja pronto para o baile de gala — respondeu ela. — Mandei bordá-lo de flores roxas; mas essas costureiras são todas preguiçosas!

Quando a andorinha chegou ao casebre, a mãe tinha adormecido de cansaço, enquanto o doentinho se revirava na cama, ardendo em febre. Colocou o rubi sobre a mesa, perto do dedal, revoando depois à roda da cama, para refrescar a testa do menino.

— Estou me sentindo melhor — murmurou o doente, antes de cair no sono.

A andorinha voltou para contar ao Príncipe o que tinha feito.

— É engraçado — observou —, agora estou me sentindo mais aquecida, apesar do frio.

— É o resultado da tua boa ação — disse ele.

A andorinha pensou um pouco e adormeceu: quando pensava, sentia sono. Mal amanheceu, voou para o rio e tomou um banho. Um professor entendido em aves, que atravessava a ponte, parou espantado:

— Que raro fenômeno! Uma andorinha no inverno! — E escreveu ao jornal uma carta, contando o acontecimento, mas com palavras tão difíceis que ninguém entendeu nada. Por isso mesmo, foi muito elogiado.

— Esta noite voo para o Egito — resolveu a andorinha, muito feliz.

Visitou os monumentos públicos e esteve muito tempo pousada na torre da igreja. Ficava toda contente quando os pardais diziam:

— Que estrangeira tão distinta!

Ao nascer a lua, voltou para junto do Príncipe Feliz.

— Quer mandar algum recado para o Egito? Vou partir agora mesmo.

— Andorinha, minha boa andorinha, passe mais uma noite comigo.

— Estou sendo esperada no Egito. Amanhã, minhas amigas vão visitar uma cachoeira, perto do lugar onde há hipopótamos e leões.

— Andorinha, lá longe vejo um rapaz debruçado sobre a mesa cheia de papéis. Tem uns olhos grandes e sonhadores. Quer terminar a peça de teatro que está escrevendo, mas o frio impede que ele continue o trabalho. Vai desmaiar de fome daqui a pouco.

— Está bem — disse a andorinha de bom coração. — Quer que eu leve para ele outro rubi?

— Não tenho mais rubis — disse o Príncipe Feliz. — Só me restam os olhos. São duas safiras trazidas da Índia há mil anos. Arranque um dos meus olhos. Ele venderá a pedra a um joalheiro, comprará comida e lenha e acabará a peça.

— Meu bom Príncipe — respondeu a andorinha, chorando —, isso eu não faço.

— Andorinha, minha boa andorinha, faça o que lhe digo.

Ela arrancou um dos olhos do Príncipe e voou, entrando logo no quarto por um furo do telhado. O moço, distraído, com as mãos na cabeça, não ouviu o sussurro das asas. Ao erguer os olhos, deu com a belíssima safira.

— Isso deve ter sido enviado por algum grande admirador de minhas peças — exclamou com alegria. — Agora sim, posso acabar o trabalho.

No dia seguinte, a andorinha andou revoando pelo porto, gritando aos marinheiros:

— Estou de viagem para o Egito!

Ninguém lhe prestou atenção; ao nascer a lua, voltou para a companhia do Príncipe Feliz.

— Passe mais uma noite comigo, andorinha.

— E o frio? Daqui a pouco estará nevando. No Egito, o sol brilha sobre as palmeiras e aquece o sono dos crocodilos. Minhas companheiras estão fazendo ninho num templo muito antigo.

Tenho de deixá-lo, querido Príncipe, mas nunca me esquecerei de você. Na próxima primavera, quero trazer-lhe duas pedras preciosas para substituir as outras.

O Príncipe fez que não ouviu e mudou de assunto:

— Lá na praça, está uma menininha pobre que vende fósforos. Hoje, os fósforos caíram dentro d'água. Vai apanhar caso não leve dinheiro para o pai. Dê a ela o olho que me resta.

— Fico com você mais uma noite, mas isso eu não faço. Ficará cego.

— Andorinha, andorinha, faça como lhe digo.

A andorinha arrancou-lhe a safira e voou, deixando cair a joia na mão da menina, que a levou, correndo, para o pai.

Voltando para junto do Príncipe, disse a andorinha:

— Agora você está cego; não sairei mais daqui.

— Não, minha boa andorinha, você tem de partir para o Egito.

— Não sairei mais daqui — repetiu a andorinha, adormecendo aos pés do Príncipe Feliz.

No dia seguinte, pousada no ombro da estátua, falou-lhe das coisas que tinha visto em terras estranhas: dos pássaros vermelhos das margens do Nilo; da esfinge de pedra, tão velha quanto o mundo, que vive no deserto e sabe tudo; das caravanas de camelos que levam e trazem tesouros; da serpente sagrada, que dorme na palmeira e come bolos de mel; dos pigmeus, que navegam em grandes folhas e andam sempre em guerra com as borboletas.

— Tudo isso é fabuloso — disse o Príncipe Feliz. — Entretanto, mais fabuloso ainda é o sofrimento dos homens e das mulheres. O maior mistério é a miséria. Vá voar sobre a minha cidade, andorinha, e venha me contar o que viu.

E a andorinha foi. Sobrevoando a grande cidade, viu os ricos que se divertiam e os pobres que pediam esmolas; viu nas vielas sombrias as faces pálidas das crianças famintas. Debaixo de uma ponte, dois garotos abraçados tremiam de frio.

— É proibido ficar aqui! — gritou-lhes o guarda. E eles tiveram de sair na chuva em busca de outro abrigo.

Quando a andorinha contou o que tinha visto, o Príncipe disse-lhe:

— Como vê, sou todo coberto de ouro. Você pode tirá-lo, folha por folha, para os meus pobres. Os vivos pensam que o ouro traz felicidade.

A andorinha então foi arrancando, uma por uma, as folhas de ouro, até que o Príncipe, perdendo o brilho, ficou feio e escuro. Mas os rostos das criancinhas pobres ganhavam cor e alegria.

Por fim, chegou a neve. As ruas, brancas e brilhantes, pareciam de prata. Com seus bonés vermelhos, os meninos patinavam no gelo. Apesar de gelada, a andorinha não abandonava o Príncipe. Apanhava migalhas à porta do padeiro e batia as asas para aquecer-se.

Uma tarde, sentindo que ia morrer, mal teve forças para voar pela última vez aos ombros do Príncipe.

— Adeus, querido Príncipe — murmurou. — Quero beijar a sua mão.

— Fico feliz de saber que você vai afinal para o Egito.

— Não é para o Egito que eu vou. Vou para o País da Morte. A Morte é irmã do Sono, não é?

Beijou o Príncipe e caiu morta a seus pés.

No mesmo instante, um estranho estalido soou dentro da estátua, como uma coisa que se quebra. De fato, o coração de bronze partira-se em dois.

Na manhã seguinte, o prefeito da cidade, em companhia dos políticos, passava pela praça.

— Olhem só! Como o Príncipe ficou horroroso!

Os políticos, que eram sempre da mesma opinião que o prefeito, também exclamaram:

— O senhor tem toda a razão: que horroroso!

Quando chegaram mais perto, o prefeito voltou a exclamar:

— Perdeu o rubi! Perdeu os olhos de safira! O ouro sumiu! Parece um mendigo!

E os políticos repetiram em coro:

— É mesmo! Parece um mendigo!

— E com um passarinho morto aos pés! Temos de publicar um decreto proibindo as aves de morrerem nesta praça.

E o secretário tomou nota da sugestão. Depois, derrubaram a estátua do Príncipe Feliz. O professor de arte sentenciou:

— Como deixou de ser belo, não serve mais para nada.

Mandaram fundir a estátua no forno, e o prefeito convocou uma assembleia de homens importantes para decidir que destino se devia dar ao metal.

— Temos de fazer outra estátua. A minha, por exemplo — disse o prefeito.

— A minha, a minha — gritaram todos os homens importantes.

Aí começaram a discutir de qual deles seria a estátua; e até hoje ainda estão discutindo.

— Que coisa estranha! — disse o mestre da fundição. — Este coração de bronze não se derrete no forno. O jeito é jogá-lo fora.

E o coração do Príncipe foi atirado para o monte de lixo, onde se encontrava também a andorinha morta.

— Quero as duas coisas mais preciosas que houver naquela cidade — disse Deus a um anjo.

E o anjo levou ao Senhor o coração de bronze e a andorinha morta.

— Boa escolha — disse Deus —, pois esta ave cantará eternamente no meu jardim; e, na minha Cidade de Ouro, o Príncipe Feliz ficará comigo para sempre.

O GIGANTE EGOÍSTA

TODAS AS TARDES, ao voltarem da escola, as crianças gostavam de brincar no jardim do gigante.

Era um jardim grande e bonito, todo gramado e florido. Quando chegava a primavera, os pessegueiros floresciam em tons de rosa e pérola, e, no outono, ficavam carregados de saborosos frutos. Os passarinhos vinham cantar tão docemente nas árvores que as crianças chegavam a interromper a brincadeira para ouvi-los.

Mas um dia o gigante voltou. Tinha ido visitar o Papão, seu amigo, com o qual conversara sem parar durante sete anos. Acabado o assunto, voltou para o castelo que lhe pertencia. Ao dar com as crianças no jardim, exclamou, furioso:

— Que desaforo é este? Fiquem sabendo que este jardim é meu e de mais ninguém!

Mandou construir um muro muito alto, colocando nele uma tabuleta:

ENTRADA PROIBIDA
INTRUSOS SERÃO CASTIGADOS

O gigante era um egoísta.

As pobres crianças não tinham mais onde brincar, pois a estrada era pedregosa e poeirenta. Depois das aulas, ficavam passeando em redor do alto muro, lembrando os bons tempos do jardim.

A Primavera trouxe de novo as flores e o canto dos pássaros. Só no jardim do gigante continuava o Inverno. Como lá não havia crianças, os pássaros foram cantar em outra parte e, pelo mesmo motivo, as árvores não se lembraram de dar flores. Uma florzinha levantou a cabeça acima da relva mas, ao ver o aviso colocado pelo gigante, ficou com pena da garotada, voltando a dormir. Os únicos satisfeitos eram a Neve e a Geada, que diziam:

— A Primavera não se lembrou de vir até aqui; podemos ficar neste jardim o ano todo.

A Neve cobriu a grama com seu manto gelado, e a Geada pintou de prata todas as árvores. Convidaram depois para morar com eles o Vento Frio de Doer, e este, aceitando o convite, chegou todo enrolado em peles e uivando como um louco.

— Que lugar lindo! — exclamou o Vento Frio de Doer. — Temos de chamar também o Granizo.

E veio também o Granizo, tamborilando no telhado do castelo com tanta força que quebrou as telhas quase todas.

"Não entendo por que a Primavera está demorando tanto a chegar", pensava o gigante egoísta, a olhar da janela o parque todo branco. "Espero que o tempo melhore."

Mas a Primavera não veio, nem o Verão. O Outono amadureceu as frutas de todos os quintais, menos o do gigante, explicando:

— Trata-se dum egoísta. No jardim dele há de morar para sempre o Inverno.

E o Inverno, o Vento Frio de Doer, a Neve, o Granizo e a Geada dançavam no jardim.

Certa manhã, estava o gigante ainda na cama, quando ouviu uma linda música. Chegou a pensar que eram os músicos do rei, mas era apenas um pintarroxo cantando perto da janela. Como por milagre, o Granizo deixou de bailar no telhado;

o Vento Frio de Doer parou de uivar; e um perfume agradável vinha do jardim.

— Acho que afinal chegou a Primavera! — exclamou o gigante, pulando da cama e olhando pela janela.

Viu um espetáculo maravilhoso. As crianças tinham entrado por um buraco no muro e brincavam nos galhos das árvores. Estas, muito contentes com a volta da meninada, se cobriam de flores. Os passarinhos cantavam satisfeitos; as pequenas flores espalhadas pela relva sacudiam a cabeça de tanto rir.

Mas num recanto do jardim morava ainda o Inverno. Lá estava um garotinho que não conseguia alcançar os galhos, chorando; a pobre árvore continuava cheia de neve, enquanto por cima dela uivava o Vento Frio de Doer.

— Sobe, meu filho — dizia a árvore, inclinando os ramos o mais que podia. Mas o menino era pequeno demais...

Dessa vez, o coração do gigante ficou comovido.

— Que grande egoísta eu tenho sido! — murmurou. — Agora estou entendendo por que motivo a Primavera não queria vir. Vou ajudar aquele menininho, e derrubar o muro logo em seguida. Meu jardim será o recreio das criancinhas.

Sinceramente arrependido, desceu a escada, abriu a porta de mansinho e chegou ao jardim. As crianças ficaram tão apavoradas ao vê-lo que saíram correndo; e o Inverno invadiu de novo o jardim. Só o menininho não correu; não vira o gigante chegar, por causa das lágrimas nos olhos. O gigante aproximou-se e, cautelosamente, colocou o garotinho em cima de um galho da árvore. E esta logo se coloriu de flores, e os pássaros voltaram a cantar; o menininho, estendendo os braços em torno do pescoço do gigante, abraçou-o.

Quando os outros viram tudo isso, perceberam que o gigante tinha deixado de ser egoísta; vieram correndo, e a Primavera atrás deles.

— Este jardim agora é de vocês, meus filhos — disse o gigante, pegando uma picareta enorme e derrubando o muro.

Quando as pessoas do lugar passaram para o mercado, viram o gigante brincando com a meninada no mais belo jardim do mundo.

Ao anoitecer, as crianças foram despedir-se do gigante, que perguntou, espantado:

— Onde está o pequenininho? Aquele que eu ajudei a subir na árvore?

— Não conhecemos aquele garotinho. Sumiu!

A resposta entristeceu o gigante — o pequenininho era seu preferido.

As crianças passaram a brincar no jardim todas as tardes; o gigante era muito bonzinho com todos, mas não conseguia esconder a saudade que sentia do pequenino amigo.

— Gostaria tanto de encontrar de novo aquele garotinho!

Os anos passaram, e o gigante foi ficando velho e fraco. Como não tinha mais forças para brincar, ficava sentado na cadeira imensa, olhando as crianças no jardim.

Certa manhã de Inverno, enquanto se vestia, olhou pela janela. Já não odiava o Inverno, sabia que era o sono da Primavera e o tempo em que as flores dormiam. De repente, esfregou os olhos, espantado, e olhou de novo. Que coisa mais estranha! No canto mais afastado do jardim havia uma árvore toda coberta de flores, com ramos dourados e frutos prateados. Debaixo da árvore estava o menininho.

O gigante foi correndo para o jardim, doido de alegria. Ao chegar perto do amigo desaparecido, ficou vermelho de raiva.

— Quem te machucou, meu filho?

Pois nas mãos e nos pés do menino viam-se marcas profundas, como se fossem de quatro pregos na carne.

— Vou matar com o meu espadagão quem te feriu! — gritou o gigante.

— Ninguém me feriu, amigo. Estas são as feridas do Amor.

O gigante, sentindo uma emoção estranha, ajoelhou-se diante do menino, que sorriu e disse:

— Um dia você me deixou brincar em seu jardim. Hoje, venho buscá-lo para o meu jardim, que é o Paraíso.

E, quando as crianças chegaram a correr naquela tarde, encontraram debaixo da árvore, todo coberto de flores brancas, o gigante morto.

O AMIGO FIEL

O VELHO DOM RATÃO, desconfiado, pôs para fora da toca seus olhos espertos e seus bigodes cinzentos: espiava os alegres patinhos. Estes, que mais pareciam um bando de canários, nadavam no lago. A mãe pata, toda branquinha, ensinava-lhes como mergulhar: cabeça dentro d'água e patas para cima.

— Quem não aprender isso vai fazer feio na sociedade.

Mas os patinhos não lhe prestavam a menor atenção. Fazer feio ou bonito na sociedade pouco lhes importava.

Dom Ratão resmungou:

— Que filharada desobediente! Tomara que se afoguem!

— Que ideia! — respondeu a pata. — São ainda tão pequenininhos! Os pais precisam de muita paciência, dom Ratão!

— Não entendo nada de sentimentos paternos ou maternos — disse ele. — Tenho horror ao casamento. Prefiro o sentimento da amizade ao amor. A coisa mais importante do mundo é um amigo fiel.

Um passarinho, que ouvia a conversa de cima do ramo, perguntou-lhe:

— Que ideia faz o senhor de um amigo fiel?

— Era exatamente a minha pergunta — disse a pata.

— Que bobagem! — exclamou dom Ratão. — Um amigo meu é fiel quando é fiel a mim; em outras palavras, um amigo meu é bom quando é bom para mim.

— E o que faz o senhor para retribuir a bondade do seu amigo? — perguntou o passarinho.

— Não estou entendendo...

— Pois então vou contar uma história a propósito disso.

— Ah, conte; adoro histórias!

O passarinho desceu para a beira do lago e começou a contar a história do Amigo Fiel.

— Era uma vez um bom sujeito chamado João...

— Um sujeito elegante? — interrompeu dom Ratão.

— Não, não era elegante, era um homem de bom coração. Morava sozinho em uma cabana e trabalhava o dia todo no quintal, por sinal, o mais lindo do lugar.

"O nosso João tinha muitos amigos; o mais fiel era Hugo, o dono do moinho, homem muito rico e muito forte. Era tão amigo de João que nunca passava pelo quintal deste sem apanhar uma braçada de rosas ou sem encher os bolsos de ameixas e cerejas. 'Os bons amigos', dizia ele, 'devem dividir o que possuem, não é?'

"João concordava, sorrindo, e sentia-se orgulhoso de ter um amigo com ideias tão elevadas.

"Os vizinhos achavam meio estranho que o dono do moinho, sendo tão rico, nunca desse nada em troca ao amigo João. Mas este achava isso muito natural.

"João era bastante feliz durante a primavera, o verão e o outono; mas, quando vinha o inverno, sem flores e sem frutos para vender na feira, passava duras necessidades. Além disso, ficava muito sozinho, pois durante o inverno o dono do moinho não aparecia em sua casa.

"— Não vale a pena visitar o João enquanto durar a neve — explicava Hugo à mulher. — Quando as pessoas estão passando mal, é melhor deixá-las sozinhas, sem serem importunadas.

Pelo menos, esta é a minha opinião a respeito da amizade, e tenho certeza de que é uma boa opinião. Quando chegar a primavera, irei visitá-lo e buscar umas flores; ele ficará muito feliz com isso.

"— Você pensa demais nos outros — respondia a mulher, sentada na poltrona, perto da lareira. — Você se preocupa muito com os amigos. De qualquer forma, você sabe dizer coisas bonitas sobre a amizade!

"Certa vez, o filho mais novo do moleiro teve uma ideia diferente:

"— Não seria melhor a gente convidar o João para passar o inverno aqui em casa? Eu dou a ele metade do meu prato... Com muito prazer.

"— Você continua sempre o mesmo boboca! — exclamou o pai. — Nem sei o que anda aprendendo na escola. Se o nosso amigo João viesse para cá e visse a lareira quentinha, nossa boa ceia e nosso barril de vinho, podia até ficar com inveja; e a inveja é um defeito horroroso. Sou o melhor amigo do João, e quero que ele continue sendo um homem direito.

"Ainda tem mais: se João viesse para cá, acabaria pedindo que lhe desse, fiado, um pouco de farinha. Ah, isso eu não posso fazer! A farinha é uma coisa, a amizade é outra. São duas palavras completamente diferentes.'

"— Como você fala bem! — repetiu outra vez a mulher, tomando uma bebida quente. — Quando você fala, me dá sono; parece que estou ouvindo um sermão.

"O moleiro replicou:

"— Pois é: muitas pessoas procedem bem, mas poucas falam bem. Isso prova que falar é a mais rara das qualidades e a mais bonita.

"E olhou para o filho com ar severo; o menino baixou a cabeça, envergonhado, e chegou a derramar algumas lágrimas dentro do chá."

— Acabou a história? — perguntou dom Ratão.

— É claro que não. Tenha calma, ainda estou no princípio — respondeu o passarinho.

— Então está muito atrasado. Hoje em dia, um bom contador de histórias começa pelo fim; depois chega ao princípio; e, aí, acaba pelo meio. Mas queira continuar. Estou gostando muito desse moleiro: parece comigo.

O passarinho, pulando ora sobre uma perna, ora sobre outra, prosseguiu:

— Logo que passou o inverno, e as flores foram nascendo, o moleiro comunicou à mulher que ia visitar o amigo João.

"— Que coração de ouro você tem! — exclamou ela. — Não se esqueça de levar o cesto grande para trazer as flores.

"João recebeu o moleiro com muita alegria.

"— Como foi de inverno? — perguntou Hugo.

"— Mais ou menos... Obrigado pelo seu interesse. Para ser franco, meu inverno não foi lá dos melhores; mas aí está a primavera, agora me sinto bem e feliz.

"— Falamos muito sobre você lá em casa; ficamos a imaginar como estaria passando o amigo.

"— É muita bondade sua! Pensei que tivessem me esquecido.

"— Que ideia, Joãozinho! A gente nunca esquece um amigo. A lembrança é o que há de mais bonito na amizade. Mas não sei se você percebe a poesia da vida. Aliás, falando nisso, como estão lindas as suas flores!

"— É, tive sorte. Vou vendê-las na feira. Assim posso buscar o carrinho de mão que empenhei.

"— Não diga! Você empenhou seu carrinho de mão!? Que loucura!

"— Não tive outro jeito. O inverno foi duro e eu não tinha dinheiro nem para o pão. Empenhei primeiro os botões de prata do meu casaco de ir à missa; depois, o cachimbo; e por último, o carrinho de mão. Mas vou buscar tudo novamente. Com o dinheiro das flores, sabe?

"— João — disse o moleiro, gentil —, vou dar-lhe de presente um carrinho de mão. Não está muito novo. Para falar com franqueza, está um pouco quebrado, mas não tem importância:

o carro é seu. É uma grande generosidade da minha parte, e sei que os outros vão me chamar de gastador. Mas a amizade é isso mesmo. Além disso, já tenho um carrinho novo. Esqueça as suas preocupações e conte comigo.

"— Fico confuso com tanta bondade! — disse João, desmanchando-se de gratidão. — Tenho até um pedaço de tábua para consertar o carrinho.

"— Um pedaço de tábua! — bradou o moleiro. — Estou exatamente precisando de um pedaço de tábua para tapar um buraco no celeiro. É sempre assim: uma boa ação provoca outra. Eu lhe dei meu carrinho de mão, e agora você vai me dar uma tábua. É claro que um carrinho vale muito mais do que um pedaço de pau, mas o verdadeiro amigo não liga para isso. Vá buscar a tábua, João.

"João foi correndo e voltou.

"— Não é muito grande — disse o moleiro, examinando a tábua. — Acho que não vai sobrar nem um pedacinho para você. Mas a culpa não é minha. Outra coisa: agora que lhe dei o meu carrinho, será que você podia me arranjar umas flores? O cesto todo, sim?

"— Todo? — perguntou João, desconsolado, pois era um cesto imenso; caso o enchesse, não lhe sobrariam flores para vender na feira.

"— Pensando bem — observou o moleiro —, não estou pedindo muito. Afinal eu lhe dei o meu carrinho de mão. Na amizade não há egoísmo.

"— Meu caro Hugo! Como você é o melhor dos amigos, pode levar todas as minhas flores. Para mim, a amizade vale mais do que todos os botões de prata e cachimbos do mundo.

"O moleiro despediu-se, carregado de flores, e João voltou a trabalhar, com a promessa de ganhar um carrinho.

"No dia seguinte, o moleiro voltou carregando às costas um enorme saco de farinha de trigo.

"— João, será que você podia levar este saco até o mercado para mim?

"— Sinto muito, mas hoje estou ocupadíssimo. Preciso amarrar as trepadeiras, regar as flores, cortar a grama... E muitas coisas mais.

"— Puxa! Você está sendo pouco amigo de quem vai lhe dar um carrinho!

"— Não diga isso! Nunca fui um ingrato!

"E João partiu imediatamente com o saco de farinha. O dia era quente, e ele cansou logo; não tinha andado dez quilômetros. Mas continuou assim mesmo, com toda a coragem, chegando por fim à feira. Depois de esperar um tempão, conseguiu vender a farinha por bom preço e depressa voltou, temendo os assaltantes noturnos. 'Foi um dia duro para mim', pensou ao entrar em casa, 'mas não posso recusar um favor ao meu melhor amigo.'

"No outro dia, bem cedinho, o moleiro veio buscar o dinheiro. João, muito cansado, ainda estava dormindo. Hugo entrou pela casa, gritando:

"— Que coisa! Que grande malandro é você! Mesmo sabendo que eu vou lhe dar o meu carrinho, ainda está na cama a esta hora! Não gosto de amigos preguiçosos. Não me leve a mal, mas aos amigos só se deve dizer a verdade.

"João, esfregando os olhos, pediu desculpas ao moleiro, que lhe disse logo o motivo da visita:

"— Queria que você viesse comigo ao moinho para consertar o meu celeiro.

"Apesar de não ter regado as flores durante os últimos dois dias, João vestiu-se depressa e foi consertar o celeiro do amigo, trabalhando até o pôr do sol. Foi quando chegou o moleiro para examinar o adiantamento da obra:

"— Acabou, João?

"— Tudo prontinho!

"— Pois é, nada é mais gostoso do que trabalhar para um bom amigo.

"— Como você diz coisas bonitas! Quisera eu falar assim!...

"— Com o tempo, aprenderá; por enquanto, está fazendo o curso prático da amizade; mais tarde, aprenderá também a teoria.

"— É verdade?

"— Claro. Agora, vá descansar um pouco. Quero que você leve amanhã meu rebanho de carneiros para a pastagem da montanha.

"João não teve coragem de dizer não. Passou todo o dia seguinte na montanha, retornou tão fatigado que adormeceu na cadeira e só acordou quando era dia claro. 'Afinal', disse para si mesmo, 'vou poder cuidar das minhas flores.'

"Qual nada! O amigo moleiro estava sempre a pedir-lhe ajuda lá no moinho. Enquanto João trabalhava duro, Hugo dizia palavras bonitas sobre o valor da amizade.

"Certa noite de tempestade, João ouviu pancadas na porta: 'Deve ser um viajante perdido', pensou; enganara-se, era o moleiro.

"— Meu bom amigo João, que coisa desagradável me aconteceu! Meu menino caiu da escada e machucou-se. Eu ia chamar o médico, mas ele mora tão longe, e a noite está tão feia que me lembrei da nossa amizade. Queria que você fosse em meu lugar. Afinal, aquele carrinho de mão pertence a você...

"— Que é isso! É uma honra e um prazer para mim. Irei já. Só lhe peço que me empreste sua lanterna, pois está um breu lá fora e tenho medo de cair num fosso.

"— Queira desculpar, João, mas a minha lanterna é novinha em folha.

"— Então, está bem. Vou sem lanterna mesmo.

"Buscou um agasalho, enfiou o chapéu, passou um lenço em volta do pescoço e partiu.

"A noite era pavorosa. Não se via nada a um palmo adiante do nariz. O vento soprava forte. Depois de caminhar durante três horas, João chegou à casa do médico e bateu.

"— Quem é? — perguntou alguém, pondo a cabeça à janela.

"— Sou eu, doutor, o João.

"— Que quer a estas horas?

"— O filho do moleiro caiu da escada e machucou-se — explicou João. — O pai queria que o senhor fosse vê-lo imediatamente.

"— Já vou — respondeu o médico, entrando.

"Mandou que lhe aparelhassem o cavalo, calçou botas altas, pegou uma lanterna, e partiu na direção da casa do moleiro, seguido por João, que ia a pé.

"Mas a tempestade rugia na escuridão, e João não conseguia enxergar o caminho e seguir o cavalo. Acabou perdendo-se num pântano, onde se afundou. No dia seguinte, uns pastores descobriram o cadáver a boiar no charco.

"Todos compareceram ao enterro, pois o morto era muito popular. O moleiro foi a pessoa mais importante da cerimônia, explicando:

"— Fui sempre o melhor amigo do João.

"Seguiu o cortejo, todo vestido de preto, passando às vezes um lenço enorme pelos olhos.

"— A morte do João foi uma perda imensa para nós — disse o ferreiro, depois do enterro, quando estavam todos na estalagem, bebendo vinho e comendo bolos.

"— Principalmente para mim! — exclamou o moleiro. — Cheguei mesmo a prometer a ele o meu carrinho de mão. Agora não sei o que fazer: está tão estragado que ninguém vai querer comprá-lo. Uma lição aprendi: nunca mais darei nada a ninguém, seja lá quem for! A gente sempre acaba pagando caro por ser generoso."

— E depois? — perguntou dom Ratão, curioso.

— Só sei até aqui — respondeu o passarinho. — O resto não sei nem quero saber.

— Vê-se bem que o senhor não é dotado de sentimentos compassivos — insistiu dom Ratão.

— Talvez o senhor é que não tenha compreendido a moral da história.

— Como assim? Quer dizer, por acaso, que a sua história tem moral?

— É claro!

— Então, o senhor devia ter-me dito isso antes de começar; eu nem iria escutá-lo até o fim.

E exclamando um irritadíssimo "Ora essa!", dom Ratão entrou para a toca.

— Coitado! — exclamou a pata. — Tenho tanta pena de quem não possui filhos.

— Espero que ele não fique zangado — observou o passarinho. — Mas o caso é que eu contei uma história que tem de fato a sua moral.

— E isto é de fato muito perigoso — arrematou a pata.

E eu concordo com ela.

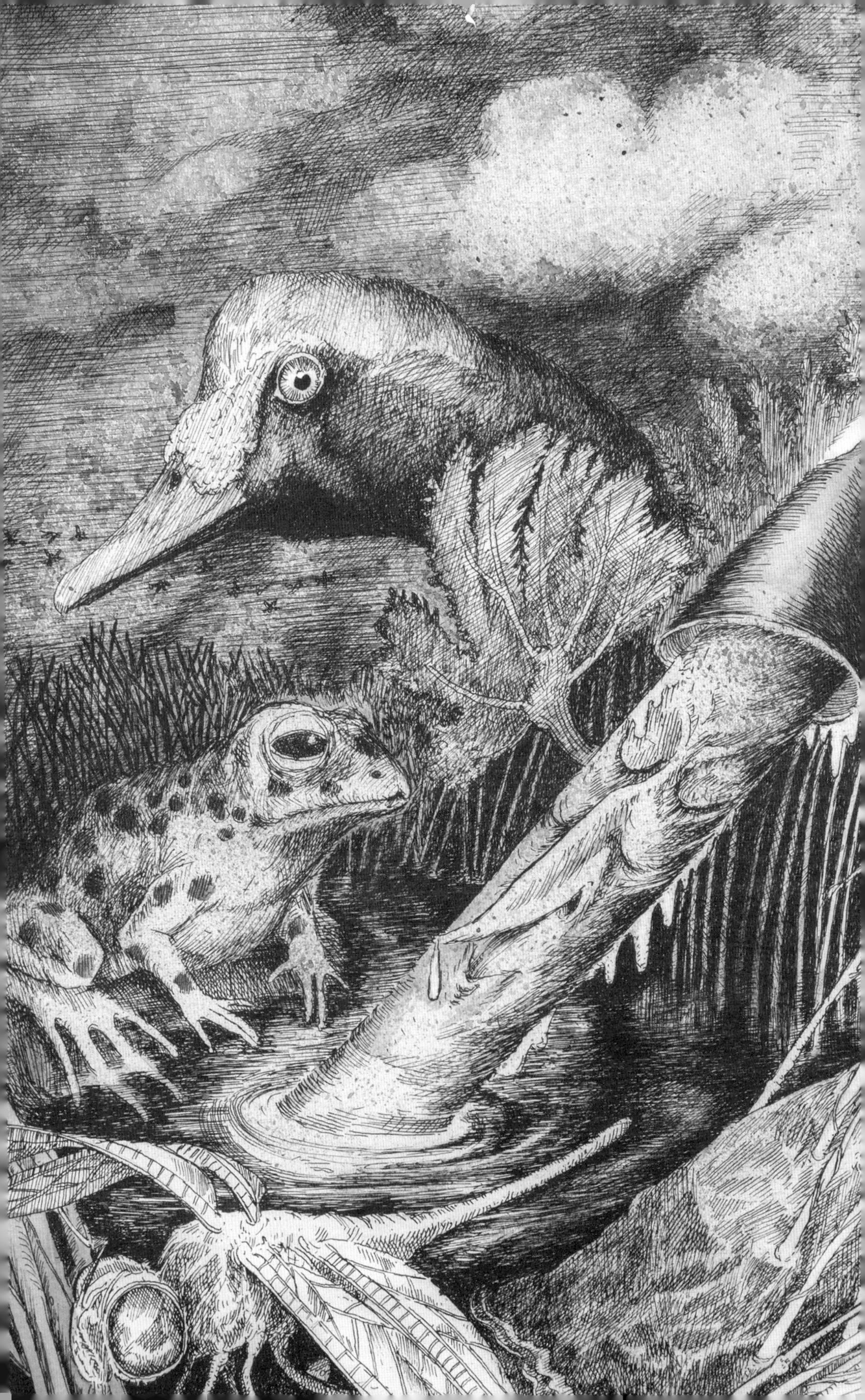

UM FOGUETE
extraordinário

IA CASAR-SE O FILHO DO REI. O país estava em festa. A noiva viajara um ano inteiro, mas enfim chegara. Era uma princesa russa e viera num trenó puxado por seis renas. O trenó tinha a forma de um grande cisne dourado, e entre as asas da ave sentava-se a princesa. Usava um gorro prateado e uma longa capa de arminho, e como era branca, muito branca, as pessoas diziam:

— Parece uma rosa branca!

À porta do castelo, o príncipe a esperava. Tinha olhos sonhadores, de um azul-escuro e finos cabelos dourados. Ao vê-la, ajoelhou-se e beijou-lhe a mão.

— Vosso retrato era belo — murmurou —, mas sois ainda mais bela.

A princesinha ruborizou-se, levando um pajem a comentar:

— Há pouco parecia uma rosa branca; agora parece uma rosa vermelha.

A corte achou linda a frase, e todo o país começou a repetir: rosa branca, rosa vermelha, rosa branca, rosa vermelha... E o rei ordenou que o salário do pajem fosse dobrado; como ele não recebia salário algum, de pouco lhe valeu a ordem.

Depois de três dias, celebrou-se o casamento. Foi uma cerimônia fora do comum. Os noivos caminharam de mãos dadas, debaixo de um pálio de veludo roxo, bordado de pérolas. O banquete durou cinco horas e os noivos, felizes, beberam em uma taça de fino cristal. O pajem, aproveitando a ocasião, disse outra frase bonita e teve o salário novamente dobrado. Os cortesãos exclamaram: "Que honra para ele!"

Durante o baile, o noivo e a noiva dançaram a dança da Rosa. O rei prometeu tocar flauta e de fato o fez, muito mal, como sempre, mas também muito aplaudido, como sempre.

À meia-noite devia começar uma grande exibição de fogos de artifício. A princesinha nunca vira um fogo de artifício:

— Como é isso? — perguntou ao príncipe, curiosa.

— Parece uma aurora boreal — explicou o rei, que sempre respondia às perguntas dirigidas aos outros. — Com uma diferença: parece mais natural ainda. Parece também com meus solos de flauta, tão belo quanto eles.

No fundo do parque, estava uma plataforma preparada para a grande exibição. Depois que o pirotécnico do rei dispôs tudo, os fogos começaram a conversar:

— O mundo é mesmo muito bonito — disse um busca-pé. — Olhem aquelas tulipas amarelas. Mesmo que fossem bombas, não seriam mais bonitas. Tive a sorte de ter viajado: as viagens nos ensinam a julgar as coisas com sabedoria.

— O jardim do rei não é o mundo, seu busca-pé pateta! — replicou um grande fósforo de cor. — Você precisa de três dias para percorrer o mundo.

— O mundo é o lugar de onde a gente gosta — retrucou uma roda de fogo.

Discutiram sobre isso algum tempo, até que ouviram uma tosse forte e seca; todos olharam.

A tosse provinha de um foguete gordo e arrogante, amarrado à ponta de uma vara. Antes de falar, tossia sempre, para chamar a atenção. O foguete tossiu mais uma vez, e começou a falar em tom importante, como se estivesse a ditar suas memórias:

— Que sorte para o filho do rei! Casou-se no mesmo dia em que vou subir. Os príncipes têm mesmo muita sorte.

— Onde já se viu! — interrompeu o busca-pé. — Pensei que fosse justamente o contrário: nós é que vamos ser queimados em homenagem ao príncipe.

— Este pode ser o teu caso, mas não o meu — replicou o foguete. — Comigo, o caso é diferente: sou um foguete importante, de uma família importante. Minha mãe foi a roda de fogo mais famosa de seu tempo: quando apareceu em público, rodopiou 19 vezes antes de apagar-se. Tinha 1 metro de diâmetro, e era feita de pólvora da melhor qualidade. Meu pai foi um foguete como eu, de origem francesa. Subiu tão alto que o povo temeu que nunca mais voltasse. Mas voltou, pois possuía um ótimo caráter: e foi uma descida fabulosa, no meio de uma chuva de ouro. O régio redator chegou a chamar meu pai de "um triunfo da arte pilotécnica".

— Você quer dizer "pirotécnica" — interrompeu o fogo de bengala. — Sei porque vi escrito "pirotécnica" na minha própria caixa.

— Pois eu digo "pilotécnica" — afirmou o foguete, com tanta autoridade que o fogo de bengala ficou esmagado, passando a importunar os busca-pés para demonstrar que ele era também uma pessoa importante.

— Eu estava dizendo... — prosseguiu o foguete. — O que eu estava dizendo?

— Estava falando a seu respeito — explicou o fósforo de cor.

— É claro. Sabia que estava contando alguma coisa interessante, quando me interromperam grosseiramente. Sou muito sensível e tenho horror à falta de educação. Acho que sou a pessoa mais sensível do mundo.

— O que é ser sensível? — perguntou uma bomba a roda de fogo.

— Sensível é uma pessoa que sofre de calos e pisa no calo das outras — respondeu a roda, baixinho, fazendo a bomba quase estourar de rir.

— De que está rindo? — perguntou o foguete. — Eu não fiz nenhuma graça.

— Estou rindo porque estou alegre — respondeu a bomba.

— É muito egoísmo de sua parte — disse o foguete, com raiva. — Que direito você tem de estar alegre?! Devia pensar um pouco nos outros. Ou melhor: devia pensar em mim. Penso em mim o tempo todo e espero que os outros façam o mesmo. É assim que os outros podem demonstrar simpatia. Imaginem só se alguma coisa me acontece esta noite: que desgraça para todos! O príncipe e a princesa nunca mais seriam felizes! O rei, coitado, morreria de dor. Francamente, quando penso na importância da minha posição, chego a derramar lágrimas.

— Cuidado para não ficar molhado — comentou o fósforo de cor.

— Pois é! — exclamou o fogo de bengala. — É só questão de senso comum.

— Senso comum! — disse, indignado, o foguete. — Você esquece que de comum não tenho nada; sou fora do comum! Qualquer pessoa sem imaginação pode ter senso comum. Mas eu, que tenho imaginação, nunca vejo as coisas como estas são realmente. A gente só vive de cabeça em pé por ter a certeza de que os outros são inferiores a nós. Mas aqui ninguém tem coração: estão alegres, logo agora que o príncipe acabou de se casar.

— Ué, é um excelente motivo para ficar alegre — disse um balãozinho.

— Que maneira vulgar de olhar a vida! — exclamou o foguete. — É porque você não tem nada por dentro. Ora, o príncipe e a princesa podem ir viver em um lugar onde passe um rio fundo; podem ter um filho só; esse filho pode ser louro e de olhos azuis como o pai; um dia, ele pode ir passear com a ama; a ama pode adormecer debaixo de uma árvore; aí, o menino pode cair no rio e morrer afogado! Que tragédia! Os pais que perdem o único filho! Não resistirei a essa desgraça...

— Mas eles ainda não perderam o filho — interrompeu a roda de fogo. — Ainda não aconteceu nada com eles, ora bolas!

— Não disse que aconteceu... Disse que podia acontecer. O que pode acontecer é pior do que aquilo que já aconteceu. Nunca choro sobre o leite derramado. Mas quando penso que podiam perder o filho único; ah, então isso me afeta!

— Pudera! — gritou o fogo de bengala. — Trata-se da pessoa mais afetada que já vi na minha vida.

— E, quanto a você, trata-se da pessoa mais grosseira. Minha amizade pelo príncipe está muito acima de seu fraco entendimento.

— Mas você nem conhece o príncipe! — resmungou o fósforo de cor.

— Nunca disse que o conhecia. Se o conhecesse, talvez não fosse seu amigo. É sempre perigoso conhecer um amigo.

— Você não deve é chorar, o resto não tem importância — disse o balão.

— Se quiser, eu choro!

E o foguete começou a derramar lágrimas grossas, quase afogando dois besouros que passavam por ali.

— Parece mesmo muito sentimental — comentou a roda de fogo, suspirando. — Chora à toa!

Mas o fósforo de cor e o fogo de bengala estavam furiosos e gritavam: "Trapaceiro! Trapaceiro!" Eram práticos de temperamento e não acreditavam na sinceridade do choro.

A lua nasceu, e do palácio chegaram sons de música.

O príncipe e a princesa abriram o baile. Dançavam tão bem que até as açucenas se ergueram mais para espiá-los. As outras flores marcavam o compasso. Na última pancada da meia-noite, vieram todos para o terraço, e o rei ordenou ao régio pirotécnico:

— Pode começar.

O pirotécnico fez uma reverência e encaminhou-se para o fundo do parque, acompanhado de seis ajudantes, levando cada um deles um archote.

Foi um espetáculo de fato magnífico.

— Ziz! Ziz! — fazia a roda de fogo girando, girando.

— Bum! Bum! — diziam as bombas.

Todos fizeram grande sucesso, menos o foguete de lágrimas. Estava tão úmido por ter chorado que não conseguia pegar fogo. Seus parentes pobres, aos quais sempre falava com ar desdenhoso, subiram ao céu como belas e imensas flores de ouro, despetaladas em luz. A corte aplaudia e a princesa ria, felicíssima.

"Acho que estão me reservando para outra grande solenidade", pensou o foguete. "Só pode ser isso."

E sentiu-se ainda mais orgulhoso do que antes.

No dia seguinte, os empregados foram desmanchar a plataforma.

"É uma comitiva que vem falar comigo", pensou o foguete. "Vou recebê-la com a minha conhecida dignidade."

Ergueu o nariz, franziu as sobrancelhas, como se estivesse pensando em alguma coisa da maior importância. Mas eles não lhe prestaram qualquer atenção. Só quando já se retiravam, um deles gritou:

— Olhem ali! Um foguete ordinário! — e jogou-o fora.

— Foguete ordinário! Foguete ordinário! — disse ele, enquanto girava. — Ele deve ter falado foguete extraordinário! — e caiu na lama. — Isto aqui não é muito agradável — murmurou. — Mas acho que me enviaram para uma estação de águas a fim de recuperar minha saúde. Meus nervos estão mesmo meio abalados, e preciso de repouso.

Uma rã, de olhos vivos e casaco de pintas verdes, aproximou-se dele.

— Ele acabou de chegar — disse ela. — E tem razão; a melhor coisa do mundo é a lama. Acha que vai chover? Eu espero que sim, embora não exista uma nuvem no céu. Que pena!

— Rem! Rem! — resmungou o foguete, começando a tossir.

— Que voz bonita a sua! — exclamou a rã. — Parece uma rã cantando no brejo; e somos as melhores cantoras do mundo! Vamos dar um concerto esta noite. As pessoas nem dormem, só para ouvir-nos. Ainda ontem, ouvi uma mulher dizer: "Não consegui dormir por causa da saparia". É bom ser popular assim.

— Rem! Rem! — repetiu o foguete, irritado com a tagarelice da rã.

— Que beleza de voz! — insistiu ela. — Conto com você em nosso concerto. Mas agora preciso ver minhas filhas: tenho seis lindas rãzinhas e morro de medo do peixe grande. Trata-se de um monstro, que não pensaria duas vezes antes de comê-las no almoço. Bom, até logo; muito prazer em conhecê-lo, foi uma boa conversa.

— Conversa! — exclamou o foguete. — A senhora falou o tempo todo; eu não disse uma palavra.

— Alguém tem sempre de escutar — replicou a rã —, e eu, por mim, gosto é de falar. Poupa tempo e evita discussões.

— Pois eu adoro uma discussão.

— Que coisa vulgar! Na alta sociedade, não há o que discutir: temos todos as mesmas opiniões. Mais uma vez, adeusinho. Ah, ali estão as minhas filhas!

E a rã foi-se embora.

— A senhora é uma criatura muito implicante — disse o foguete — e muito mal-educada. Detesto as pessoas que falam de si mesmas quando desejo falar de mim; o egoísmo é a coisa mais abominável que existe, sobretudo para as pessoas amáveis como eu. Eu devia ser o exemplo dos outros. A senhora tem a oportunidade de me ouvir, e fala o tempo todo! Aliás, muito breve volto para a corte, onde sou muito apreciado. Por sinal o príncipe e a princesa se casaram ontem em minha honra. Mas a senhora é da roça e não pode entender destes assuntos.

— Está perdendo o seu tempo — disse uma borboleta, pousada no alto de um junco. — A rã já se foi há muito.

— Azar dela! Para mim, dá na mesma. Não vou deixar de falar só porque não me prestam atenção. Gosto de me ouvir. É um dos meus maiores prazeres. Muitas vezes mantenho longas conversas comigo mesmo, e sou tão inteligente que, em certos momentos, não entendo uma palavra do que digo.

— Nesse caso — perguntou a borboleta, já voando para o céu —, por que você não dá aulas de Filosofia?

— Esta borboleta é outra idiota. Perdeu a última oportunidade de virar uma borboleta culta. Mas o problema é dela.

E a lama cobriu ainda mais o foguete.

Um pouco mais tarde passou nadando perto dele uma pata branca, de pernas amarelas e pés largos, considerada uma beleza por causa do seu gingado.

— Quá, quá, quá — disse a pata. — Que figura mais estranha a sua! Nasceu assim mesmo ou foi desastre?

— Bem se vê que a senhora sempre viveu na roça; de outro modo, saberia quem eu sou. Mas desculpo a sua ignorância. Não seria sensato esperar que os outros fossem tão extraordinários como eu. Pois fique sabendo que sou capaz de voar até as nuvens e descer numa chuva de faíscas de ouro.

— Qual é a vantagem disso? — perguntou a pata, espantada. — O boi puxa o arado, o cavalo puxa o carro, o cão-pastor guarda o rebanho, mas você...

— Já vi tudo — disse o foguete, em tom ainda mais superior. — É claro que a senhora pertence à classe inferior. Uma pessoa da minha posição não pode ser útil como as pessoas comuns. Nossas qualidades especiais são suficientes. Por mim, não tenho a menor inclinação por qualquer tipo de trabalho. E só quem não tem nada a fazer na vida é que trabalha no pesado. É a minha opinião!

— Está bem, está bem — disse a pata, que era de muito boa paz. — Gosto não se discute. Vai morar por aqui?

— De maneira nenhuma! — exclamou o foguete. — Estou só de passagem; sou o que se chama um ilustre visitante. Para ser franco este lugar não tem a menor graça para mim: nem tenho com quem conversar, nem fico sozinho. Suburbano demais! Acho que volto para a corte, pois minha sina é brilhar no mundo.

— Eu também já pensei em entrar para a política — observou a pata. — Há tantas reformas a fazer! Mas agora só me interessa a vida de casa.

— Pois eu fui talhado para a política, como todos os meus parentes, até os mais humildes. Quando fizer a minha aparição em público, vai ser um espetáculo. Quem vive em casa deixa de fazer coisas importantes.

— Ah, as coisas importantes! — disse a pata. — Isso me faz lembrar que estou morta de fome.

E foi-se a nadar, repetindo quá-quá-quá o tempo todo.

— Espere um pouco! Volte! Quero dizer-lhe uma coisa!

Mas a pata não voltou e o foguete mergulhou um pouco mais na lama, exclamando:

— Melhor para mim!

De repente, dois meninos de blusas brancas chegaram trazendo gravetos de lenha e uma chaleira.

"Devem ter sido enviados pelo rei", pensou o foguete.

— Olha este troço aí! — exclamou um dos meninos, retirando o foguete da lama.

— Este troço! — replicou o foguete. — Devo estar ouvindo muito mal.

— Coloca isso também na fogueira — disse o outro menino.

— Empilharam os gravetos, puseram o foguete em cima e chegaram-lhe fogo.

— Ótimo! — bradou o foguete. — Vão lançar-me ao espaço em plena luz do dia, para que todos possam ficar encantados comigo.

Enquanto se esquentava a água da chaleira, os meninos cochilaram na relva. O foguete, muito úmido, levou tempo para pegar fogo.

— Afinal, agora parto para o espaço — gritou ele, todo estivadinho. — Irei além da lua, além de Marte, além do sol! Irei tão alto que...

Chii! Chii! Chii! E o foguete por fim subiu, a bradar:

— Que delícia! Estou indo para o Cosmo! Que espetáculo!

Mas ninguém reparou nele.

Começou então a sentir por dentro um formigamento esquisito.

"Vou explodir", pensou. "Vou incendiar o mundo inteiro! Vou dar um estrondo tão fabuloso que ninguém falará de outra coisa durante um ano."

E, na verdade, explodiu, pois a pólvora cumpriu o seu dever. Mas ninguém, ninguém, ouviu o estouro do foguete, nem mesmo os meninos deitados sobre a relva.

Do foguete só restou a vareta, que caiu na cabeça de um ganso.

— Deus do céu! — exclamou o ganso. — Começou a chover pedaço de pau.

— Eu sabia que causava furor — murmurou, ofegante, o foguete de lágrimas. E morreu.

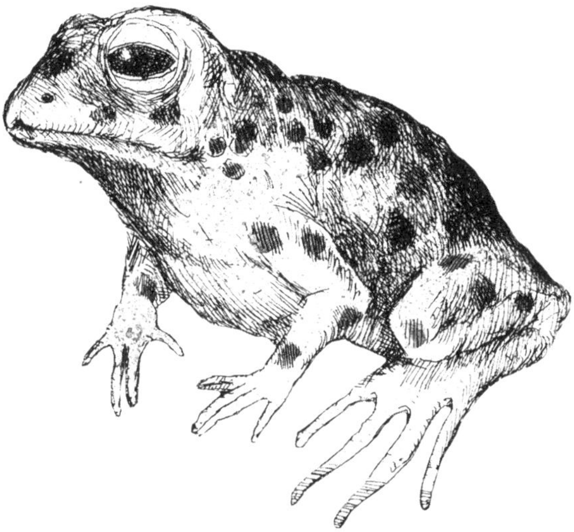

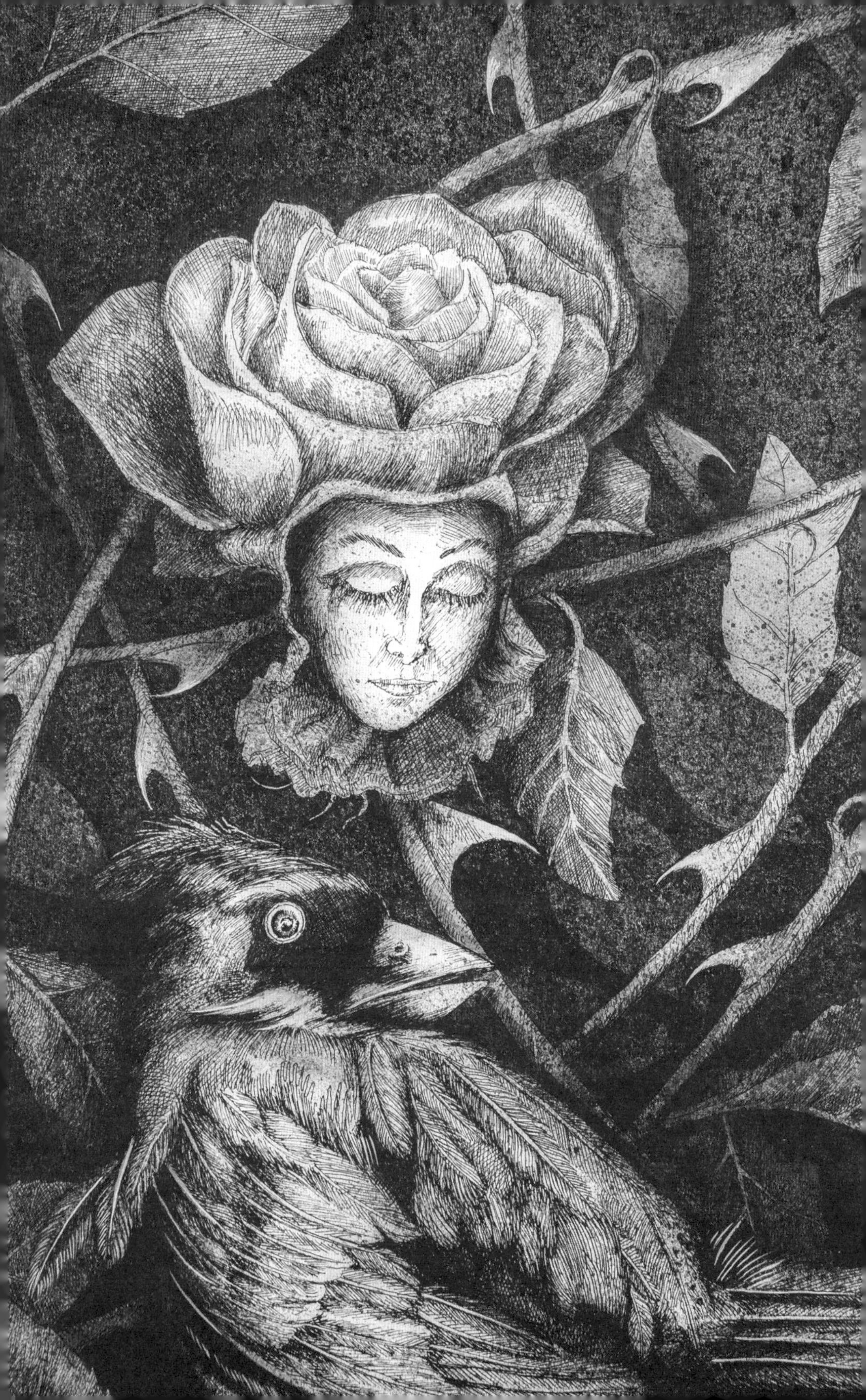

O ROUXINOL
e a rosa

ELA DISSE QUE DANÇARIA comigo se eu lhe levasse uma rosa vermelha! — exclamou o jovem estudante. — Mas não há uma rosa vermelha em meu jardim!

Do ninho, o rouxinol ouviu o que dizia o rapaz e olhou admirado entre as folhas.

— Não há uma única rosa vermelha em meu jardim! — ele repetiu, com os olhos lacrimejantes. — Como a felicidade depende de coisas mínimas! Li todos os sábios; ainda assim, a minha vida tornou-se uma desgraça por causa de uma rosa vermelha.

— Eis aqui um apaixonado de verdade — observou o rouxinol. — Seus cabelos são escuros, seus lábios são vermelhos como a rosa que procura, mas seu rosto é pálido como marfim, e a dor marcou-lhe a fronte.

— O príncipe dará um baile amanhã à noite — continuou o rapaz —, e a minha amada estará presente. Se eu lhe levar uma rosa vermelha, dançará comigo até de madrugada. Mas, sem rosa vermelha, ficarei sentado, sozinho, e ela nem olhará para mim.

— Eis um homem realmente apaixonado — repetiu o rouxinol. — Eu canto, ele sofre; o que para mim é alegria é dor para ele.

O amor é mais raro do que as pedras preciosas. E nada no mundo pode comprá-lo.

— Minha amada irá dançar ao som da harpa e do violino. Seus pés irão roçar de leve o chão. Será rodeada pelos jovens nobres em suas roupagens de gala. Mas não dançará comigo, porque não achei a rosa vermelha.

E, atirando-se na relva, o estudante chorou.

— Por que ele está chorando? — perguntou a lagartixa que passava.

— Por quê? — perguntou a borboleta, voando atrás de um raio de sol.

— Por quê? Por quê? — repetiu, baixinho, a margarida.

— Ele está chorando por causa de uma rosa vermelha — explicou o rouxinol.

— Por causa de uma rosa vermelha? — exclamaram todos. — Mas que ridículo!

A lagartixa, que era um tanto debochada, desandou a rir.

O rouxinol, que compreendia a dor do estudante, ficou em silêncio, pensando no mistério do amor. De repente, abriu as asas e saiu voando. Como uma sombra atravessou o jardim e pousou no galho de uma bela roseira.

— Se me der uma rosa vermelha, cantarei para você a minha mais doce canção.

Mas a roseira respondeu:

— As minhas rosas são brancas como a espuma do mar. Procure a minha irmã, a que vive perto do relógio de sol. Talvez ela possua uma rosa vermelha.

Mas a outra roseira respondeu:

— As minhas rosas são amarelas como os cabelos das sereias. Procure a minha irmã, a que vive debaixo da janela do estudante.

E a terceira roseira disse:

— Minhas rosas são vermelhas como o coral. Mas o inverno gelou o meu sangue e a ventania partiu os meus ramos. Este ano não darei flor.

— Eu só quero uma rosa vermelha! — insistiu o rouxinol. — Uma só!

— Só há um jeito para obtê-la — disse a roseira —, mas é terrível demais.

— Diga, eu não tenho medo.

— Se você quer uma rosa vermelha, terá de fazê-la de música, ao luar, e tingi-la com o sangue de seu próprio coração. Terá de cantar a noite toda com um dos meus espinhos atravessado no peito: assim o seu sangue passará para o meu corpo, e eu poderei dar uma rosa vermelha.

— A morte é um preço muito alto por uma rosa vermelha — respondeu o rouxinol — e amo a vida. Gosto de ver o ouro do sol e a pérola da lua! Suave é o aroma das flores! Mas o amor é melhor do que a vida! E o que é o coração de um passarinho comparado com o coração de um homem!?

E o rouxinol voou como uma sombra, atravessando o jardim. O estudante continuava no mesmo lugar, lágrimas brilhando em seus olhos.

— Deixe de tristeza! — exclamou a ave. — Você terá a sua rosa vermelha. Vou criá-la com música, ao luar, e tingi-la com o sangue do meu coração. Quero apenas que nunca deixe de ser um apaixonado sincero.

O estudante levantou a cabeça e começou a escutar; mas nada entendeu do que lhe dizia o rouxinol, pois só entendia as coisas escritas.

A árvore na qual o rouxinol se aninhara entendeu e ficou triste, pedindo-lhe:

— Cante-me a sua última canção.

E o rouxinol cantou para a árvore uma canção que parecia um murmúrio de água caindo em um jarro de prata.

O estudante começou a passear pelo jardim, pensando: "O rouxinol tem estilo, sem dúvida; mas terá sentimento? Acho que não. Os artistas são assim mesmo: muito estilo e nenhuma sinceridade. O rouxinol só pensa em música. É mais um artista cheio de egoísmo."

No quarto, deitou-se e voltou a pensar na amada. Daí a pouco, adormeceu.

Quando nasceu a lua, o rouxinol voou para a roseira e colocou o peito contra um espinho. Cantou assim a noite toda. O espinho cravava-se cada vez mais fundo em seu peito. O sangue aos poucos foi passando de seu corpo para a roseira.

Cantou como surge o amor no coração de dois jovens. No mais alto ramo da roseira começou a desabrochar uma rosa maravilhosa, pétala por pétala. Era pálida, de início, como a névoa. Mas a roseira disse ao rouxinol que se apertasse com mais força de encontro ao espinho.

E o rouxinol apertou-se com mais força contra o espinho: um leve rubor tingiu as pétalas da rosa. Mas o espinho não chegara ainda ao coração do rouxinol.

— Com mais força — disse a roseira —, antes que nasça o dia. — O rouxinol obedeceu, e o espinho chegou-lhe enfim ao coração, produzindo-lhe uma dor intensa. A rosa ficou vermelha como o céu do nascente. E a voz do rouxinol foi ficando fraca; as asas palpitavam; os olhos cobriram-se de névoa. Por fim, sentiu um aperto na garganta e deu uma última nota, como um gemido.

A lua parou no céu. A rosa vermelha estremeceu e abriu as pétalas à brisa da manhã.

— Olhe, olhe! — gritou a roseira. — A rosa está pronta.

— Mas o rouxinol não ouvia, estava morto na relva, com o espinho cravado no peito. Ao meio-dia, o estudante abriu a janela.

— Que sorte eu tenho! — exclamou. — Nunca vi uma rosa vermelha tão bela em minha vida!

❦

A filha do professor estava sentada à porta, enrolando um novelo de seda azul, com um cãozinho deitado a seus pés.

— Prometeste que dançarias comigo se te trouxesse uma rosa vermelha! — gritou o estudante. — Aqui está a rosa mais vermelha de todo o mundo. Irás usá-la no baile, bem junto de teu coração.

Mas a moça franziu as sobrancelhas.

— Acho que esta rosa não irá bem com o meu vestido. Além disso, arranjei uma joia de verdade; as joias valem mais do que as flores.

— Que ingratidão! — disse o rapaz, com raiva. Atirou a rosa na rua, onde caiu na lama e foi esmagada por uma roda de carro.

— Ingrata por quê? — perguntou a moça. — Que grosseria! Afinal, não passas de um estudante. Pois fica então sabendo que irei ao baile com o rapaz que me trouxe a joia.

E foi para dentro de casa.

— Que coisa estúpida é o amor! — murmurou o estudante, afastando-se. — Estudar é muito mais importante e útil do que amar.

E, voltando para o quarto, começou a ler um livro empoeirado.

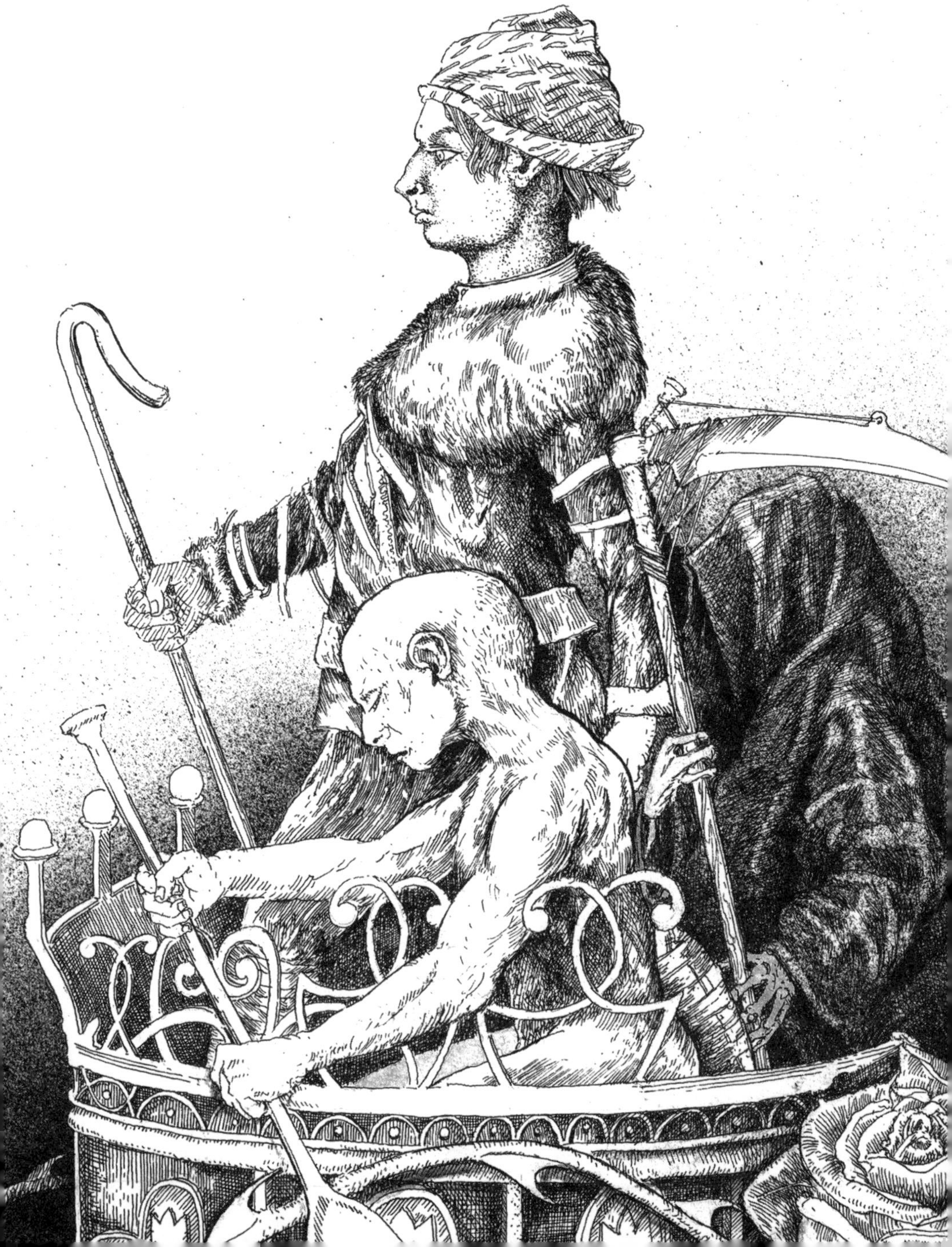

O REIZINHO

O REIZINHO DEVIA ser coroado no dia seguinte. Os cortesãos retiraram-se, curvando as cabeças até o chão, e ele ficou sozinho.

Tinha 16 anos; respirou, aliviado, quando os homens solenes partiram. Reclinando a cabeça nas almofadas do leito, ali ficou de olhos acesos, como um bicho selvagem apanhado na armadilha.

Nascera da filha única do rei, que se casara em segredo com um pobre estrangeiro, músico ou pintor. Fora arrebatado do leito, enquanto a mãe dormia, e dado a criar a um casal de camponeses sem filhos, habitantes da floresta. O pai desaparecera do reino; a mãe morrera logo ao despertar, de dor, de peste ou envenenada, não se sabe como. Quando o escudeiro desceu do cavalo e entregou a criança aos camponeses, a filha do rei baixava à sepultura de um cemitério isolado. Ali também repousava, diziam, um jovem de rara beleza, as mãos atadas atrás das costas e o peito retalhado por ferimentos.

Essa, pelo menos, é a história que uns contavam aos outros, em segredo. O certo é que o velho rei, antes de morrer, movido pelo remorso, ou para evitar que uma pessoa de outra linhagem ocupasse o trono, mandara buscar o neto, reconhecendo-o como seu sucessor na presença dos conselheiros.

O menino demonstrou desde logo intensa paixão pelas coisas belas; isso exerceria grande influência em sua vida. Deu gritos de alegria ao ver os trajes suntuosos e as joias que lhe eram destinadas. Desfez-se com um prazer feroz da grosseira túnica de couro e da áspera capa de pele de carneiro.

Às vezes, é certo, sentia saudade da liberdade na floresta, e aborrecia-se com os rituais intermináveis da corte; mas o maravilhoso palácio, de que se tornara senhor, parecia-lhe um mundo novo, criado para ele. Logo que podia, fugia das audiências e, precipitando-se pela escadaria cintilante, ia de sala em sala, de corredor a corredor, como quem procura encontrar na beleza um alívio para a dor ou uma espécie de cura para uma doença estranha.

Contavam-se muitas histórias a respeito dele. Dizia-se que fora surpreendido ajoelhado diante de um quadro, trazido de Veneza, cujo tema parecia ser a adoração de deuses desconhecidos. De outra vez desapareceu, e só foi encontrado seis horas depois, extasiado, defronte de uma joia, que trazia esculpida a imagem de um jovem deus da Grécia. E fora visto também pousando os lábios na face de mármore de uma estátua antiga.

Tudo o que era raro e precioso o fascinava. Enviou mercadores em todas as direções para que comprassem o âmbar, a turquesa verde, os tapetes da Pérsia, os mármores da Índia, as opalinas, o sândalo, o esmalte azul...

Sua maior preocupação era o traje que devia usar ao ser coroado, tecido de ouro, coroa cravejada de rubis e cetro coberto de pérolas. Artífices trabalharam noite e dia; pedras preciosas foram procuradas em todo o mundo.

Naquela noite, reclinado no leito, o reizinho imaginava-se no altar-mor da catedral, vestido na deslumbrante roupagem de soberano. Depois, levantou-se e olhou pelo aposento imerso em penumbra. Das paredes pendiam ricas tapeçarias representando o Triunfo da Beleza. Os móveis eram de ágata e lápis-lazúli com painéis de mosaico dourado. Os vasos eram de cristal e ônix. Na colcha de seda da cama estavam bordadas papoulas pálidas, como se tivessem caído de mãos sonolentas. Sobre a mesma havia uma taça de ametista.

Via-se lá fora a imensa cúpula da catedral. Viam-se também as sentinelas fatigadas que iam e vinham, na plataforma enevoada, junto ao rio. Mais longe, no pomar, cantava um rouxinol. Pela janela aberta chegava um perfume de jasmim. O reizinho deixou os dedos correrem pelas cordas de um alaúde. Pesavam-lhe as pálpebras. Nunca sentira tão intensamente a magia e o mistério das coisas belas.

À meia-noite, depois que os pajens o despiram cerimoniosamente de suas ricas roupagens, adormeceu.

E teve um sonho assim:

Estava em um sótão comprido e baixo, onde se ouvia o barulho de numerosos teares. Pelas janelas gradeadas entrava só um pouco da luz do sol, mostrando-lhe as magras figuras dos tecelões, curvados no trabalho. Crianças doentias agachavam-se sob as imensas vigas, os rostos marcados pela fome, as mãos trêmulas e descarnadas. Sentadas a um canto, mulheres macilentas costuravam. O cheiro era repugnante e o ar, irrespirável. As paredes úmidas gotejavam.

O reizinho aproximou-se dos tecelões. Um deles perguntou-lhe, com raiva:

— Por que está me olhando? Deve ser um espião do chefe.

— Quem é o seu chefe? — perguntou o reizinho.

— O nosso chefe! — replicou o tecelão com amargura.

— É um homem igual a mim. Com uma única diferença: ele usa roupas de luxo, e eu ando todo esfarrapado; e, enquanto passo fome, ele passa mal por excesso de comida.

— A terra é livre — disse o reizinho —, e você não é escravo de ninguém.

— Na guerra — respondeu o tecelão —, os fortes escravizam os fracos; na paz, os ricos escravizam os pobres. Temos de trabalhar para viver, mas os mesquinhos salários que nos dão levam à morte. Damos duro o dia inteiro, enquanto eles juntam ouro nos cofres. Nossos filhos definham antes do tempo; as fisionomias dos que amamos tornam-se duras e envelhecidas. Pisamos as uvas e os outros bebem o vinho. Semeamos o trigo e precisamos de pão. Embora ninguém veja as nossas correntes, continuamos escravos...

— Isso acontece a todos?

— A todos! — respondeu o homem. — Com os jovens e os adultos, com os homens e as mulheres, com as crianças e os velhinhos. Os comerciantes nos exploram. O vigário passa por nós, no alto de seu cavalo, rezando o terço. Ninguém se preocupa conosco. A pobreza arrasta-se em nossas vielas sombrias, com seus olhos famintos, acompanhada pela falta de educação. Quem nos acorda de manhã é a miséria, e quem dorme conosco, em nossa cama, é a vergonha. Mas isso pouco lhe importa. Você não é dos nossos; pode-se ler a felicidade no seu rosto.

E retomou o trabalho, de cara fechada. O reizinho notou que o fio que ele tecia era de ouro. Horrorizado, perguntou-lhe:

— Que roupa é esta?

— É o traje da coroação do rei.

O jovem deu um grito e, despertando, viu que estava no leito. Uma lua enorme andava no céu escuro.

E dormiu outra vez e sonhou:

Viajava agora numa galera, movida a remo por cem escravos. Sobre um tapete, a seu lado, estava sentado o comandante. Era negro, usava um turbante escarlate e grandes argolas de prata pendiam de suas orelhas; segurava nas mãos uma balança de marfim.

Tangas esfarrapadas cobriam os escravos, cada um deles acorrentado ao vizinho. O sol batia-lhes em cheio. Chicotadas fustigavam os remadores, que retesavam os braços esqueléticos, lutando contra a força das águas.

Chegaram por fim a uma pequena enseada. Três árabes apareceram na praia, disparando flechas contra a galera. Respondendo, o comandante conseguiu atingir um deles na garganta, e os outros dois fugiram. Envolta em um véu amarelo, uma mulher passou a contemplar com tristeza o guerreiro morto.

Assim que deitaram âncora e arriaram as velas, os marinheiros trouxeram do porão uma comprida escada de corda, cheia de pesos de chumbo. O comandante atirou a escada ao mar, prendendo as pontas em dois ganchos de ferro. Os marinheiros agarraram o mais jovem dos escravos, tiraram-lhe as correntes, taparam-lhe com cera o nariz e os ouvidos e amarraram uma grande pedra em sua cintura. O infeliz desceu a escada e desapareceu no mar. Na proa, um homem procurava enfeitiçar os tubarões, batendo em um tambor.

Passado algum tempo, o escravo surgiu da água, ofegante, e subiu a escada, trazendo uma pérola na mão direita. Os marinheiros agarraram a pérola e o obrigaram a descer outra vez. Os outros escravos dormiam, fatigados, sobre os remos.

Às vezes, o mergulhador voltava à superfície, sempre com uma pérola. O comandante, depois de pesá-la, guardava-a em um saquinho de couro verde.

O reizinho tentou falar, mas sua língua parecia colada ao céu da boca. Os marinheiros discutiam. Duas aves revoavam em redor da galera.

O mergulhador reapareceu pela última vez, trazendo uma pérola linda, redonda como a lua cheia. Mas o rosto dele estava pálido; quando se deitou no convés, o sangue brotou-lhe do nariz e dos ouvidos. Teve um estremecimento e ficou imóvel. Os marinheiros, com a maior indiferença, atiraram o corpo do mergulhador ao mar.

Rindo, o comandante arrebatou a pérola, curvando-se em uma reverência:

— Esta enfeitará o cetro do nosso reizinho! — e fez um gesto para que os marinheiros levantassem a âncora.

O reizinho deu um grito e despertou. No céu, os dedos da aurora iam apagando as últimas estrelas.

E de novo adormeceu e teve este sonho:

Andava ao acaso por uma floresta sombria, cheia de frutos estranhos e lindas flores venenosas. As serpentes silvavam em redor dele; papagaios de cores vivas faziam algazarra nas árvores. Tartarugas enormes dormiam na lama tépida.

Atingindo a orla da floresta, viu uma multidão trabalhando no leito seco de um rio. Uns abriam fundos buracos no chão e entravam neles. Outros quebravam as rochas com picaretas. Chamavam uns pelos outros, todos ativos como formigas.

Da escuridão de uma caverna, duas figuras os vigiavam: a Morte e a Avareza. Disse a primeira:

— Estou cansada. Se você me der uma terça parte deles, vou-me embora.

Mas a Avareza abanou a cabeça:

— Não. São meus servos.

— Que é isso em sua mão? — perguntou à outra.

— Três grãos de trigo.

— Quero um. Vou plantá-lo em minha terra. E vou-me embora.

— Não lhe dou nenhum — disse a Avareza, escondendo a mão na prega do vestido.

A Morte, rindo, apanhou um pouco da água do rio com uma vasilha; e desta surgiu a Malária. Avançou depois através da multidão e um terço dos homens caiu morto.

Quando a Avareza viu que a terça parte dos operários tinha morrido, bateu no peito e chorou, gritando bem alto:

— Você matou um terço dos meus servos. Vá-se embora. Há guerra nas montanhas e os reis de ambos os lados precisam de você. Vá e não volte nunca mais.

— Só irei — respondeu a Morte — se você me der um grão de trigo.

Mas a Avareza fechou as mãos e cerrou os dentes.

— Não lhe darei nada — resmungou.

E a Morte, rindo, atirou uma pedra escura na floresta; e de lá saiu a Febre, vestida de fogo, avançando para a multidão; morriam todos nos quais ela tocava.

A Avareza ficou trêmula, cobrindo-se de cinzas.

— Como você é cruel! — exclamou. — Há fome na Índia e as cisternas dos caminhos estão secas. Há fome na África e os gafanhotos invadiram as cidades. Vá para junto dos que precisam de você e me deixe em paz.

— Só se me deres um grão de trigo — respondeu a Morte.

— Não lhe darei nada! — repetiu a Avareza.

A Morte riu de novo e assoviou com os dedos. Uma mulher apareceu voando pelos ares. Na sua testa estava escrita a palavra "Peste" e um bando de abutres revoava em torno dela. A sombra de suas asas cobriu o vale, e todos morreram.

A Avareza fugiu, guinchando como um rato; a Morte montou em seu cavalo e saiu a galope, mais veloz que o vento.

No fundo lodoso do vale começaram a rastejar monstros horríveis, cobertos de escamas. Os chacais chegaram de focinho erguido, farejando.

O reizinho disse, chorando:

— Que faziam aqui aqueles homens?

— Procuravam rubis para a coroa do rei — respondeu alguém atrás dele.

Estremecendo, voltou-se e viu um peregrino segurando na mão um espelho de prata.

— Para qual rei? — perguntou o reizinho, muito pálido.

— Olhe para este espelho.

Ao ver o próprio rosto no espelho, o reizinho deu um grito e despertou. O sol iluminava o quarto, e os passarinhos cantavam no jardim.

Os altos funcionários da corte entraram no aposento, curvando-se diante do monarca. Os pajens trouxeram-lhe a veste tecida de ouro e apresentaram-lhe a coroa e o cetro. Eram as coisas mais belas que tinha visto.

— Não usarei nada disso; levem tudo daqui!

Ficaram todos espantados. Chegaram a rir, pensando que o rei estivesse brincando.

— Levem isso daqui! Não usarei esta veste, tecida no tear da tristeza pelas mãos brancas da dor. Há sangue no coração do rubi e morte no coração da pérola: não usarei coroa nem cetro.

E contou-lhes os sonhos que tivera. Os cortesãos, depois de ouvi-lo, começaram a cochichar:

— Deve ter ficado louco. Um sonho não passa de um sonho. Não é coisa real, não pode preocupar ninguém. Não temos nada com a vida daqueles que trabalham para nós. É preciso ver o camponês que semeia o trigo para comer o pão?

E o Grande Conselheiro dirigiu-se ao rei:

— Meu senhor, rogo-vos que ponhais de lado esses sombrios pensamentos, que envergueis o vosso belo traje e que coloqueis essa coroa em vossa cabeça. Pois como o povo poderá saber que sois um rei, se não estiverdes vestido como um rei?

— É verdade? Não me reconhecerão se eu não estiver vestido como um rei?

— É verdade.

— Pois eu pensava que havia homens com aparência de rei... Talvez esteja errado. De qualquer forma, não usarei essa veste nem cingirei essa coroa. Como vim para o palácio, assim sairei dele.

Mandou que todos se retirassem, menos um pajem que escolhera para companheiro, quase da sua idade. Tirou da arca a túnica de couro e a capa grosseira de pele de carneiro. Vestiu-se de pastor e empunhou o cajado.

O pajem arregalou os olhos azuis e disse-lhe, sorrindo:

— Majestade, tendes a túnica e o cetro, mas onde está a coroa?

O reizinho cortou um ramo de roseira silvestre e o enrolou na cabeça.

— Pois também não me falta a coroa.

E assim dirigiu-se ao salão nobre, onde o esperavam os fidalgos, que se riram do seu aspecto. Comentou um deles:

— Majestade, o povo aguarda o rei e vós lhe mostrais um mendigo.

Outro declarou, indignado:

— Este rapaz enche de vergonha o nosso país e é indigno de ser o soberano.

Sem dizer nada, o reizinho desceu a escadaria, transpôs o portão de bronze, montou no seu cavalo e dirigiu-se à catedral, seguido pelo pajem.

O povo ria, dizendo:

— Deve ser o bobo da corte.

— Sou o próprio rei.

E, refreando o cavalo, contou-lhes os três sonhos que tivera. Um homem adiantou-se na multidão e falou-lhe em tom severo:

— Majestade, não sabeis que a vida dos pobres depende do luxo dos ricos? É da vossa pompa que nos alimentamos. É duro trabalhar para um senhor, mas não ter um senhor é mais duro ainda. Portanto, voltai para o vosso palácio, vesti a vossa púrpura. Que vos importam os nossos sofrimentos?

— Os ricos e os pobres não são irmãos? — perguntou o rei.

— São — respondeu o homem —, e o nome do irmão rico é Caim.

Os olhos do reizinho ficaram cheios de lágrimas, e ele continuou a marcha entre murmúrios do povo. O pajem, amedrontado, fugiu.

Quando chegou ao adro da catedral, os soldados ergueram as armas e disseram:

— Por esta porta só pode entrar o rei.

Vermelho de cólera, ele replicou:

— O rei sou eu. — E, afastando as armas, entrou.

O bispo, ao vê-lo chegar vestido de pastor, levantou-se, espantado:

— Meu filho, é esta a indumentária de um rei? Hoje deveria ser para vós um dia de glória, e não de humilhação.

— Pode a Glória usar o que a Dor fabricou? — perguntou o rei, contando-lhe em seguida os três sonhos.

O bispo franziu a testa:

— Meu filho, sou um velho, já no inverno dos meus dias, e sei que há muita maldade do mundo. Há ladrões que roubam e vendem crianças. Os leões devoram os camelos das caravanas; as raposas comem as uvas das encostas; os piratas incendeiam os barcos dos pescadores; os mendigos andam pela cidade e comem com os cães. Podeis impedir que tudo isso aconteça? Acolhereis o leproso na vossa cama? Sentareis o mendigo à vossa mesa? O leão cumprirá as vossas ordens? Aquele que fez a miséria não será mais sábio do que vós. Não vos louvo: mando-vos que volteis ao palácio. Com uma expressão alegre no rosto, vestireis os trajes reais, e eu colocarei em vossa cabeça a coroa de ouro, e em vossa mão o cetro de pérolas. Não penseis mais em vossos sonhos. O peso deste mundo é demasiado para que um só homem o suporte.

— O senhor diz isto na casa de Deus? — replicou o reizinho. E, passando pelo bispo, subiu os degraus do altar e ajoelhou-se diante da imagem de Cristo.

Os círios queimavam junto do sacrário engastado de joias e o fumo do incenso subia.

De súbito, chegou da rua o rumor de um tumulto. Os nobres entraram no templo de espada na mão e escudos de aço polido.

— Onde está o sonhador? — perguntaram. — Onde está esse rei que se veste de mendigo, humilhando-nos a todos? Temos de matá-lo!

De novo o reizinho baixou a cabeça e rezou. Terminada a oração, levantou-se, olhando para eles com tristeza.

E eis que a luz do sol, entrando pelos vitrais, teceu em torno do reizinho uma roupagem mais bela ainda que as vestes reais. O ramo silvestre floresceu, coroando-lhe a cabeça de rosas mais rubras do que os rubis. Do cajado nasceram lírios mais brancos do que as pérolas.

E lá ele ficou, vestido de rei, e as portas do sacrário se abriram, e no ostensório brilhou uma luz deslumbrante e divina.

E lá ele ficou, vestido de rei, e a glória de Deus tomou conta do espaço, e os santos nos nichos pareciam ter vida.

E lá ele ficou, vestido de rei, diante de todos, e o órgão ressoou, e as trombetas retiniram, e os meninos do coro cantaram.

E o povo caiu de joelhos, estarrecido, e os nobres guardaram as espadas, em submissão.

— Alguém maior do que eu vos coroou — disse o bispo, trêmulo, ajoelhando-se.

E o reizinho desceu do altar e seguiu para o palácio por entre a multidão. Mas ninguém teve a coragem de fitar-lhe a face, que parecia a face de um anjo.

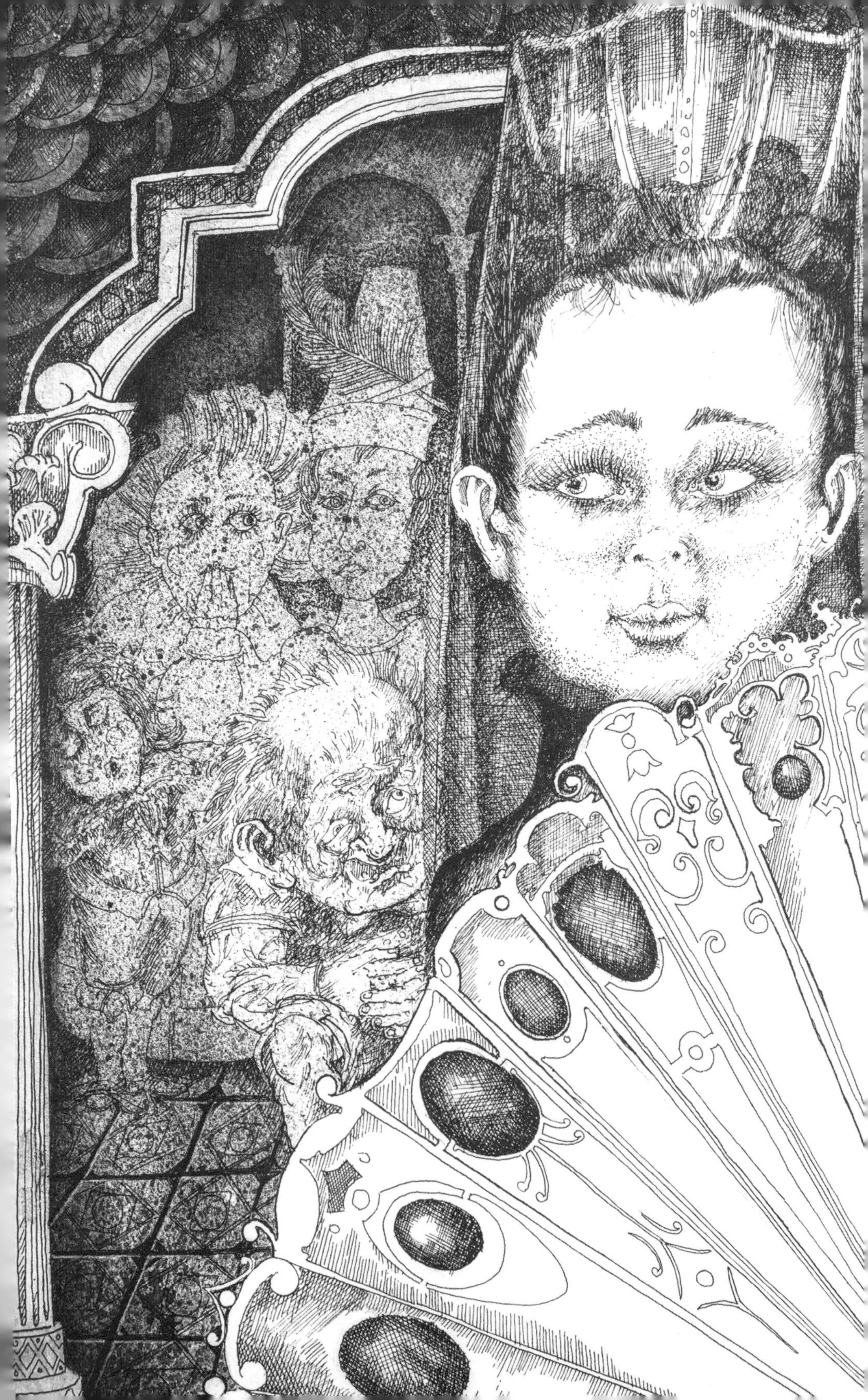

O ANIVERSÁRIO
da infanta

A INFANTA COMPLETAVA 12 ANOS. Embora fosse princesa, filha do rei, só fazia anos uma vez em doze meses, como as filhas dos pobres. Era, portanto, da mais alta importância, para todo o país, que aquele dia fosse bonito de verdade. E era um dia bonito. As tulipas erguiam-se em hastes e desafiavam a beleza das rosas. Borboletas cintilantes visitavam as flores, uma por uma. As lagartixas deixavam as fendas e vinham aquecer-se ao sol claro. As romãs estalavam, mostrando os corações em sangue. Até os pálidos limões amarelos ficavam mais vivos na luz intensa. As magnólias impregnavam o ar de um aroma forte e doce.

Com suas companheiras, a princesinha brincava de esconder no terraço, cheio de vasos de pedra e velhas estátuas cobertas de musgo. Nos dias comuns só tinha licença de brincar com as crianças da sua alta condição, de modo que brincava sozinha. No dia de seus anos abria-se uma exceção, e o rei permitia que ela convidasse quem quisesse.

Que graça imponente a dessas crianças espanholas: os meninos com seus chapéus de longas plumas e curtas capas esvoaçantes; as meninas erguendo a cauda dos vestidos de brocado e protegendo-se do sol com imensos leques pretos e prateados.

A infanta era a mais graciosa e elegante, vestida à moda um tanto desconfortável daquele tempo. O vestido era de cetim cinzento; as saias e as largas mangas de tufo eram bordadas de prata; o rígido corpete era guarnecido de pérolas. Ao andar, seus sapatinhos apareciam. O leque era pérola e cor-de-rosa. Em seus cabelos dourados via-se uma linda rosa branca.

De uma janela do palácio, o melancólico rei observava as crianças. Um pouco atrás dele, viam-se seu irmão, dom Pedro de Aragão, a quem odiava, e seu confessor, um padre muito temido em Granada.

O rei andava mais triste do que de costume: ao ver a infanta inclinar-se com infantil gravidade diante dos cortesãos, lembrou-se da rainha, que lhe parecia ter chegado ainda ontem da alegre terra de França para murchar no sombrio esplendor da corte espanhola. A jovem rainha morreu precisamente seis meses depois do nascimento da filha, antes de ter visto florescerem duas vezes as amendoeiras do pomar.

O rei amava tanto a rainha que não a deu à sepultura. Um especialista mouro a embalsamara; e com isso salvou sua própria vida, já condenada por heresia e práticas mágicas pelo temível sacerdote de Granada.

O corpo da rainha jazia em uma urna na capela de mármore negro do palácio, exatamente como os monges haviam trazido 12 anos antes. Uma vez por mês, o rei ia ajoelhar-se a seu lado, clamando: "*Mi reina, mi reina!*" Às vezes, quebrando a rigorosa etiqueta, pegava nas pálidas mãos cheias de joias e, no seu desvario, tentava despertar com beijos aquele rosto frio e pintado.

O rei parecia vê-la de novo, como quando a contemplara pela primeira vez no Castelo de Fontainebleau: tinha apenas 15 anos, e ela era ainda mais moça. Ele voltou para a Espanha levando consigo um cacho de cabelos louros. O casamento foi celebrado às pressas, em Burgos, cidadezinha próxima da fronteira entre os dois países.

Quando os noivos entraram em Madri, trezentos hereges foram queimados, em solene homenagem ao acontecimento.

Pela rainha, o rei esquecera, ou parecera esquecer, os mais graves negócios de Estado. Quando ela morreu, ele, durante algum tempo, ficou como um doido. Só não se retirou para o mosteiro de Granada para não deixar a infanta à mercê do tio, cuja crueldade era famosa. Até havia quem atribuísse a dom Pedro de Aragão a responsabilidade pela morte da rainha.

Mesmo depois de expirados os três anos de luto oficial, o monarca não permitia que seus ministros lhe falassem em novo casamento. O rei da Espanha, diziam, está casado com a dor.

Toda a sua vida de casado, com as alegrias do início e o desespero do fim, parecia voltar agora, ao contemplar a infanta brincando no terraço.

A menina tinha a petulância da rainha, o mesmo jeito voluntarioso de mover a cabeça, o mesmo contorno altivo na boca, o mesmo sorriso encantador.

A risada estridente das crianças irritava os ouvidos do rei; o sol parecia zombar de sua dor. Chegava a sentir (ou era imaginação?) o cheiro das drogas usadas pelo mouro ao embalsamar o cadáver.

Quando a infanta olhou de novo para cima, as cortinas já estavam fechadas. Contrariada, sacudiu os ombros; era o seu aniversário e ele devia ter ficado um pouco mais. Teria ido para aquela capela sombria, onde nunca lhe permitiam entrar? Que bobagem! Com aquele sol tão claro e todo mundo feliz! Além disso, o pai ia perder a brincadeira da tourada, sem falar o teatro de fantoches e outras coisas formidáveis.

O tio e o padre eram mais sensatos; tinham saído para o terraço e lhe davam parabéns. Segurando a mão de dom Pedro, a infanta desceu a escada, solenemente, dirigindo-se a um pavilhão de seda cor de púrpura, no fundo do jardim. As outras crianças seguiram em fila, de acordo com a importância de cada uma: iam na frente aquelas que tivessem os nomes mais compridos.

Veio a seu encontro um cortejo de meninos nobres, fantasiados de toureiros. O conde de Tierra Nueva, um bonito jovem de seus 14 anos, tirando-lhe o chapéu com a naturalidade de quem nasceu fidalgo de Espanha, conduziu-a a uma cadeira de ouro e marfim, colocada sobre um estrado, dominando a arena. As meninas reuniram-se em torno, agitando os leques e cochichando umas com as outras. Dom Pedro e o temível sacerdote detiveram-se, sorridentes, à entrada. Até a duquesa — a *Camarera Mayor* — parecia menos mal-humorada que de costume: qualquer coisa que lembrasse muito de leve e de longe um sorriso gelado crispava seus lábios sem carne e sem sangue.

Que tourada fabulosa! Muito melhor que tourada verdadeira! Alguns meninos saracoteavam em cavalos de pau ricamente ajaezados, brandindo compridas lanças enfeitadas de fitas; outros, a pé, agitavam diante do touro as capas vermelhas. O touro, este era como um touro de verdade, embora fosse feito de vime coberto de couro, e às vezes corresse apenas sobre as patas traseiras. Saía-se tão bem que as meninas subiam nos bancos, agitando os lenços: "*Bravo, toro! Bravo, toro!*", como fazem as pessoas grandes.

Depois de demorado combate, durante o qual vários cavalos e cavaleiros foram chifrados, o jovem toureiro de Tierra Nueva obrigou o touro a ajoelhar-se; obtida a autorização da infanta para dar o golpe de misericórdia, mergulhou sua espada de pau com tanta força que a cabeça do animal caiu no chão, deixando aparecer então a cara risonha do pequeno Lorraine, filho do embaixador francês em Madri.

Entre muitos aplausos, a arena foi desimpedida: os cavalos mortos foram arrastados por dois pajens mouros vestidos de preto e amarelo. Um acróbata francês exibiu-se na corda bamba. Fantoches italianos representaram depois uma tragédia num teatrinho especial: no final da peça, os olhos da infanta estavam úmidos. Outras choraram para valer, e só se consolaram quando ganharam doces.

Depois foi a vez de um mágico árabe, que colocou na arena um cesto enorme, coberto por um pano vermelho. Tirou do turbante uma esquisita flauta de junco e começou a tocar. Daí a pouco, o pano começou a mexer-se, e, à medida que os sons se faziam mais agudos, duas serpentes surgiram e começaram a dançar ao ritmo da música. As crianças, um pouco assustadas, acharam mais divertido quando o mágico fez brotar do chão uma laranjeira, que deu flores e frutas. Sucesso ainda maior foi quando o árabe transformou o leque da filhinha do Marquês de Las Torres em um pássaro azul, que voou em redor do pavilhão, a cantar.

Fascinante também foi o minueto, dançado por um grupo de meninos da Igreja de Nossa Senhora do Pilar. A infanta nunca tinha visto essa maravilhosa cerimônia, que se realizava todos os anos, em maio, diante do altar-mor da Virgem, e em seu louvor. Para dizer a verdade, nenhum membro da família real espanhola frequentava a catedral da cidade de Saragoça, desde que um padre louco tentara dar uma hóstia envenenada ao príncipe das Astúrias. Assim, era só de ter ouvido falar que a infanta conhecia a "Dança de Nossa Senhora" — um espetáculo realmente belo. Os meninos vestiam trajes antigos de veludo branco e engraçados chapéus de três bicos, enfeitados de plumas de avestruz. A plateia ficou encantada com a gravidade dos dançarinos. Findo o número em honra à infanta, tiraram os chapéus emplumados; ela recebeu a reverência com toda a distinção, prometendo um grande círio a Nossa Senhora do Pilar.

Um bando de ciganos entrou na arena. Sentaram-se em círculo, com as pernas cruzadas, e começaram a tocar suas cítaras, movendo o corpo em cadência e cantando baixinho, em murmúrios, uma canção embaladora. Quando deram com o vulto de dom Pedro, fecharam a cara, pois, poucas semanas antes, ele mandara enforcar dois ciganos, por bruxaria. Mais tranquilizados com o olhar da bela infanta, continuaram a tocar, deixando a cabeça cair lentamente como se estivessem a morrer de sono. De súbito, com um grito tão estridente que assustou todas as crianças e que fez dom Pedro levar a mão ao cabo do punhal, os ciganos ergueram-se de um salto e começaram a dançar como doidos, repicando os pandeiros e entoando um selvagem canto de amor. Depois, atiraram-se de novo ao chão, e aí ficaram, muito quietos, mal se ouvindo o som monótono das cítaras.

Repetiram a cena várias vezes, desapareceram e reapareceram com um urso-pardo e três macaquinhos. O urso equilibrou-se de cabeça para baixo, e os macaquinhos lutaram com espadas e deram tiros de espingarda como se pertencessem à guarda real. Sem dúvida alguma, os ciganos foram um sucesso.

Mas a parte mais engraçada da festa matinal foi a dança do anãozinho. Quando ele entrou na arena, bamboleando-se nas pernas tortas e balançando a cabeçorra disforme, as crianças gritaram de alegria, e a infanta riu tanto que a camareira se viu obrigada a lembrar-lhe o seguinte: embora certas princesas espanholas já tivessem chorado em público, não se conhecia o caso de qualquer princesa real que se mostrasse tão contente diante de seus inferiores.

Mas o anão era mesmo irresistível. Nem na corte de Espanha, famosa por seu amor ao obscuro, jamais havia sido visto um homenzinho tão fora do comum. Era a sua estreia.

Fora descoberto no dia anterior, quando corria pelo bosque; dois fidalgos que andavam à caça o trouxeram ao palácio para fazer uma surpresa à infanta.

Seu pai, um pobre carvoeiro, ficou até satisfeito por ter se livrado de um menino tão feio e inútil.

Talvez, o mais engraçado nele viesse disto: não sabia que era diferente. Pelo seu entusiasmo, até parecia feliz. Quando as crianças riam, ria também, com a mesma alegria espontânea; no final de cada dança, fazia-lhes as mais cômicas mesuras, como se fosse um menino igual aos outros, e não, uma criança estranha, feita pela natureza em momento de provável humorismo.

A infanta fascinou o anãozinho. De olhos fixos, parecia dançar somente para ela. Terminado o espetáculo, a princesinha, até certo ponto por brincadeira, mas um pouco para irritar a duquesa, arrancou a rosa branca do cabelo, atirando-a à arena com um doce sorriso. O anãozinho levou a flor aos lábios e dobrou o joelho diante da infanta, abrindo a boca em um sorriso que se estendia até as orelhas, e os olhinhos a faiscar de contentamento.

Isso acabou de vez com o bom comportamento da infanta: quando o anão se retirou, ela continuou a rir. Pedia ao tio que a cena fosse repetida, mas a camareira, a pretexto do calor, decidiu ser preferível que Sua Alteza voltasse ao palácio, onde a esperavam uma formidável festa e um bolo espetacular. Levantou-se a infanta com toda a dignidade; deu instruções para que o anãozinho dançasse outra vez para ela, depois da sesta; agradeceu ao conde de Tierra Nueva pela bela recepção; e retirou-se para seus aposentos, seguida pelas crianças, na mesma ordem da entrada.

Quando o anãozinho soube que iria dançar mais uma vez por ordem da infanta, sentiu-se tão orgulhoso que correu para o jardim, beijando a rosa branca e fazendo os mais exagerados gestos de alegria.

As flores ficaram indignadas com aquela petulância; ali, afinal, era a residência delas!

— É horroroso demais para brincar aqui! — exclamaram as tulipas.

— Devia beber suco de papoulas e dormir durante mil anos! — disseram outras flores, rubras de cólera.

— É a feiura em forma de gente! — gritou um cacto. — É torto, atarracado, cabeça enorme e pernas curtas! Se passar por aqui, dou-lhe uma boa espetada. Até os gerânios, que não são tão metidos a importantes, ficaram arrepiados de desgosto. E quando as violetas, modestamente, observaram que ele não tinha culpa de ser feio, os gerânios replicaram que a falta de culpa não justifica o indesculpável.

O velho relógio de sol ficou tão assombrado com o aparecimento que se esqueceu de marcar dois minutos.

Mas as aves conheciam o anãozinho, do bosque, e gostavam dele. Lembravam-se de tê-lo visto a dançar entre as folhas ou a repartir nozes com os esquilos. Pouco se importavam que fosse feio; até o rouxinol que canta tão bonito, não é nenhuma beleza de se ver.

Além disso, durante um terrível inverno, o anão não se esquecera dos passarinhos, trazendo-lhes migalhas de pão.

Agora, as aves revoavam em torno dele, quase a roçar-lhe o rosto, conversando umas com as outras. Ele, todo contente, mostrava para elas a linda rosa branca que a princesa dera-lhe como prova de amor.

Também as lagartixas simpatizavam com o anãozinho. Quando o viam estirado no chão, a descansar, costumavam brincar em cima dele, dizendo:

— Nem todo mundo pode ter a beleza de uma lagartixa! Aliás, este anãozinho não é tão feio quanto dizem; basta fechar os olhos ou olhar para o outro lado...

Quando as flores viram o anãozinho voltar para o palácio, ergueram-se, altivas, e suspiraram, aliviadas:

— Deviam prendê-lo em casa para o resto da vida. Olhem só a corcunda! E as pernas tortas! — e riam a valer.

O anãozinho não percebeu nada disso. Adorava os passarinhos e as lagartixas, achava que as flores eram as coisas mais maravilhosas do mundo, excetuando-se, naturalmente, a infanta. Esta afinal dera-lhe uma linda rosa e parecia amá-lo.

Gostaria tanto de estar a seu lado. Ela seria a companheira em suas brincadeiras, pois ele sabia coisas formidáveis: sabia fazer gaiolinhas de junco, onde as cigarras cantavam; sabia fazer flautas de bambu. Conhecia o canto de todos os passarinhos, conhecia o rastro de todos os animais. Sabia ainda todas as danças da floresta, a dança vermelha do outono, a dança branca do inverno, a dança de mil cores da primavera... Sabia onde os pombos fazem os ninhos. A infanta haveria de gostar dos coelhos que correm no bosque, do ouriço que pode virar uma bola de espinho, das pacatas tartarugas...

Na floresta, ela seria feliz. Poderia dormir na cama dele. Ele tomaria conta lá fora, até nascer o dia, impedindo que se aproximassem da cabana os lobos esfomeados. Bem cedinho, começariam a brincar. A floresta não era um lugar tão solitário assim. Às vezes passava um bispo a cavalo, lendo um livro. Os carvoeiros sentavam-se à noite em torno da fogueira, assando castanhas nas brasas. Os bandidos costumavam sair das cavernas. Uma vez, vira passar pela estrada uma linda procissão, os frades na frente entoando hinos, os soldados com suas armaduras prateadas, e três homens descalços de círios acesos na mão.

Sim, havia muita coisa para se ver na floresta; e quando ela ficasse cansada faria um leito de musgo ou a levaria nos braços, pois, apesar de anão, tinha muita força.

Mas onde andava a infanta? O palácio parecia adormecido. Procurando um meio de entrar, avistou uma portinha secreta.

Entrando, deu com um salão imenso, mais belo ainda — pensou — do que a floresta, com o chão todo feito de pedras coloridas. Mas a infanta não se encontrava ali, e só umas estátuas brancas, de cima dos pedestais, olhavam para ele com tristes olhos vazios e estranhos lábios a sorrir.

No extremo da sala pendia uma cortina de veludo preto, ricamente bordada. Quem sabe a princesa se escondera ali atrás?

Aproximou-se devagar e afastou a cortina. Ali começava outra sala, talvez mais bonita do que a primeira. Das paredes desciam tapeçarias representando em tons verdes uma cena de caça.

O anãozinho olhou em torno, com medo de prosseguir. A lembrança da princesa deu-lhe coragem. Ela devia estar na sala seguinte.

Atravessou correndo os tapetes macios e abriu a porta. Não, não havia ninguém ali. Era a sala do trono, onde o rei recebia os embaixadores. As cortinas eram de couro dourado. Um pesado lustre pendia do teto branco, ostentando trezentas velas. O trono era enfeitado de veludo negro semeado de tulipas de prata. Sobre o segundo degrau estava colocado o genuflexório da infanta, com a sua almofada de tecido prateado.

Ele não dava a mínima importância a todo esse esplendor. Não teria trocado a sua rosa pelo trono. Queria era encontrar a princesa, convidá-la para ir com ele depois da festa. No palácio o ar era pesado, mas na floresta o vento soprava livremente. As flores talvez não fossem tão belas, mas tinham mais perfume.

Dançaria o dia inteiro para ela. Um sorriso iluminou seus olhos ao pensar nisso — e caminhou para o outro aposento.

De todas as salas, era a mais bela e resplandecente. As paredes eram cobertas com um damasco cor de rosa, cheio de pássaros e flores. Os móveis eram de prata maciça. Diante de duas grandes lareiras, erguiam-se enormes biombos bordados de papagaios e pavões. O chão, feito de uma pedra rara, parecia perder-se na distância.

Ele não estava só. De pé, à sombra de uma porta ao fundo da sala, uma pequena criatura o observava. Seu coração bateu forte. Com um grito de alegria, caminhou na direção do outro; e notou que a pequena criatura também vinha a seu encontro.

Seria a infanta? Não. Era um monstro, o mais grotesco de todos os monstros: uma coisa corcunda, de pernas tortas, com uma cabeçorra enorme a bambolear.

O anãozinho franziu a testa, e o monstro fez o mesmo. Riu, e o monstro riu com ele e pôs as mãos nos quadris, exatamente como ele próprio fazia. Curvou-se em uma reverência de zombaria e viu o cumprimento retribuído. Avançou, e o outro veio a seu encontro; parou, e o outro parou. O anãozinho achou graça e correu para o outro, estendendo-lhe a mão; a mão do monstro era fria como o gelo. Retirou a mão com medo; e o monstro retirou a mão. A cara do monstro, mais próxima agora, também parecia cheia de horror. Afastou o cabelo em cima dos olhos; o outro fez o mesmo. Olhou com nojo; o outro também fez cara de nojo. Recuou, e o monstro também recuou.

Que seria aquilo? Pensou um instante e olhou em torno. Era esquisito, mas todas as coisas existentes na sala existiam também do outro lado daquela parede invisível. Um quadro aqui, outro quadro ali; uma estátua aqui, outra estátua igualzinha na outra sala.

Era isso o que chamavam de eco? Gritara uma vez no vale, e o eco repetira suas palavras. Poderia o eco brincar também com os olhos da gente? Ou as sombras das coisas poderiam ter cor, vida e movimento? Seria que...

Estremeceu de repente, tirou do peito a rosa branca e beijou-a. O monstro possuía uma rosa igual, pétala por pétala; o monstro também beijava uma rosa, a sua rosa.

Quando compreendeu a verdade, o anãozinho deu um grito de desespero e caiu no chão, soluçando. Era ele o monstro! Era ele aquela figurinha corcunda e grotesca! Era o monstro de quem se riam as crianças! Era o monstro de quem se ria a infanta! E havia acreditado no amor da princesa! Ela apenas zombara de sua feiura! Ela se divertira com as suas pernas tortas!

Por que não o deixaram na floresta, onde não havia espelhos? Por que seu pai não o matara, em vez de vendê-lo e humilhá-lo?

Lágrimas quentes deslizaram em seu rosto, e ele desfez em pedaços a linda rosa branca. O monstro fez do outro lado a mesma coisa, atirando no ar as pétalas delicadas. Arrastou-se no chão como uma coisa ferida e foi esconder-se na sombra, onde ficou gemendo.

Neste momento entrou a infanta com os amiguinhos. Quando viram o horrendo anãozinho deitado, a bater no chão com os punhos, da maneira mais exagerada, estouraram de rir e vieram observá-lo de perto.

— Ele é muito engraçado dançando — disse a infanta —, mas é ainda mais engraçado quando representa. Parece até um fantoche, mas não é tão natural.

Agitando o imenso leque, ela aplaudiu. Mas o anãozinho não levantou os olhos, e seus soluços foram ficando cada vez mais fracos. De repente, abriu a boca, levou a mão ao peito e ficou imóvel.

— Muito bem! — exclamou a infanta. — Agora vai dançar.

— Vai dançar, macaquinho! — gritaram as outras meninas.

Mas o anãozinho não disse nada.

A infanta bateu o pé e chamou o tio, que passava no terraço, na companhia do camareiro-mor.

— O meu anãozinho está fazendo pirraça. Quero que ele se levante para dançar.

Sorrindo, dom Pedro curvou-se e bateu na cara do anão com a luva bordada.

— É hora de dançar, monstrinho. A infanta da Espanha não pode esperar.

Mas o anãozinho continuou quieto.

— Está precisando é de umas boas chicotadas — disse dom Pedro.

O camareiro-mor, com um ar grave, pôs a mão no peito do anãozinho. Encolheu os ombros, fez uma reverência à infanta, declarando:

— Minha bela princesa, o vosso anãozinho, tão engraçado, não dançará nunca mais. Que pena! É tão feio que talvez fizesse o rei sorrir.

— Por que ele não dançará nunca mais? — perguntou a infanta, rindo.

— Porque tem o coração partido — respondeu o camareiro.

A infanta franziu as sobrancelhas e apertou os lábios com menosprezo.

— Quero que o meu próximo anãozinho não tenha coração.

E correu para o jardim.

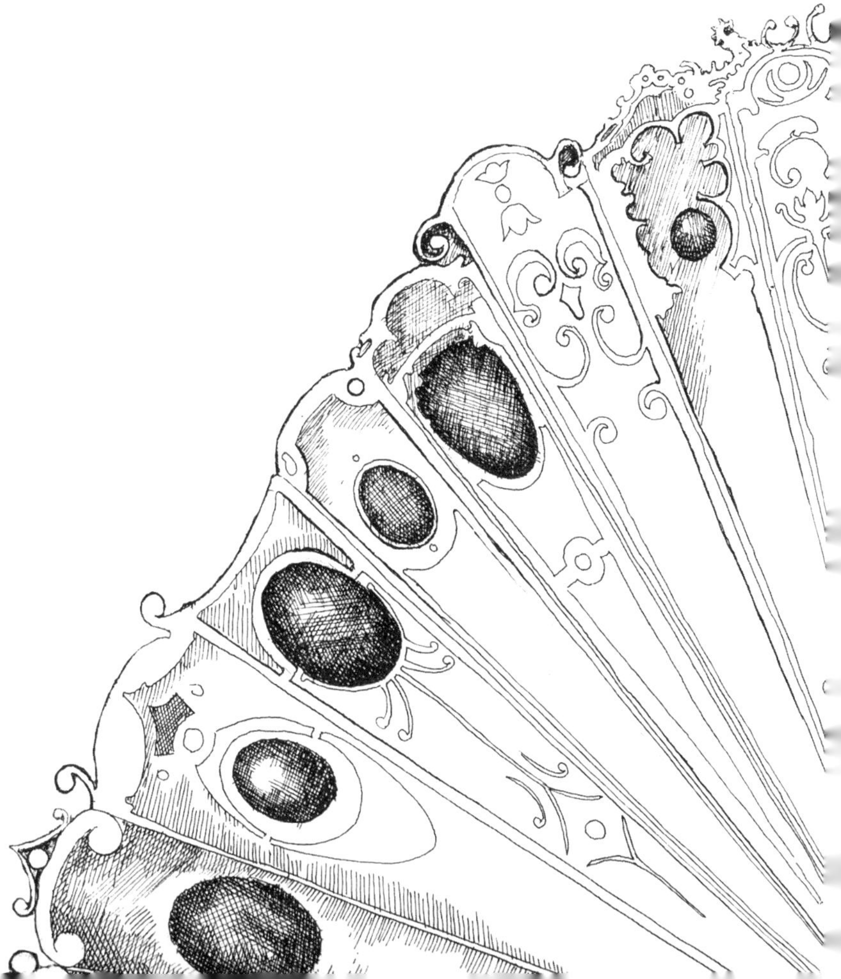

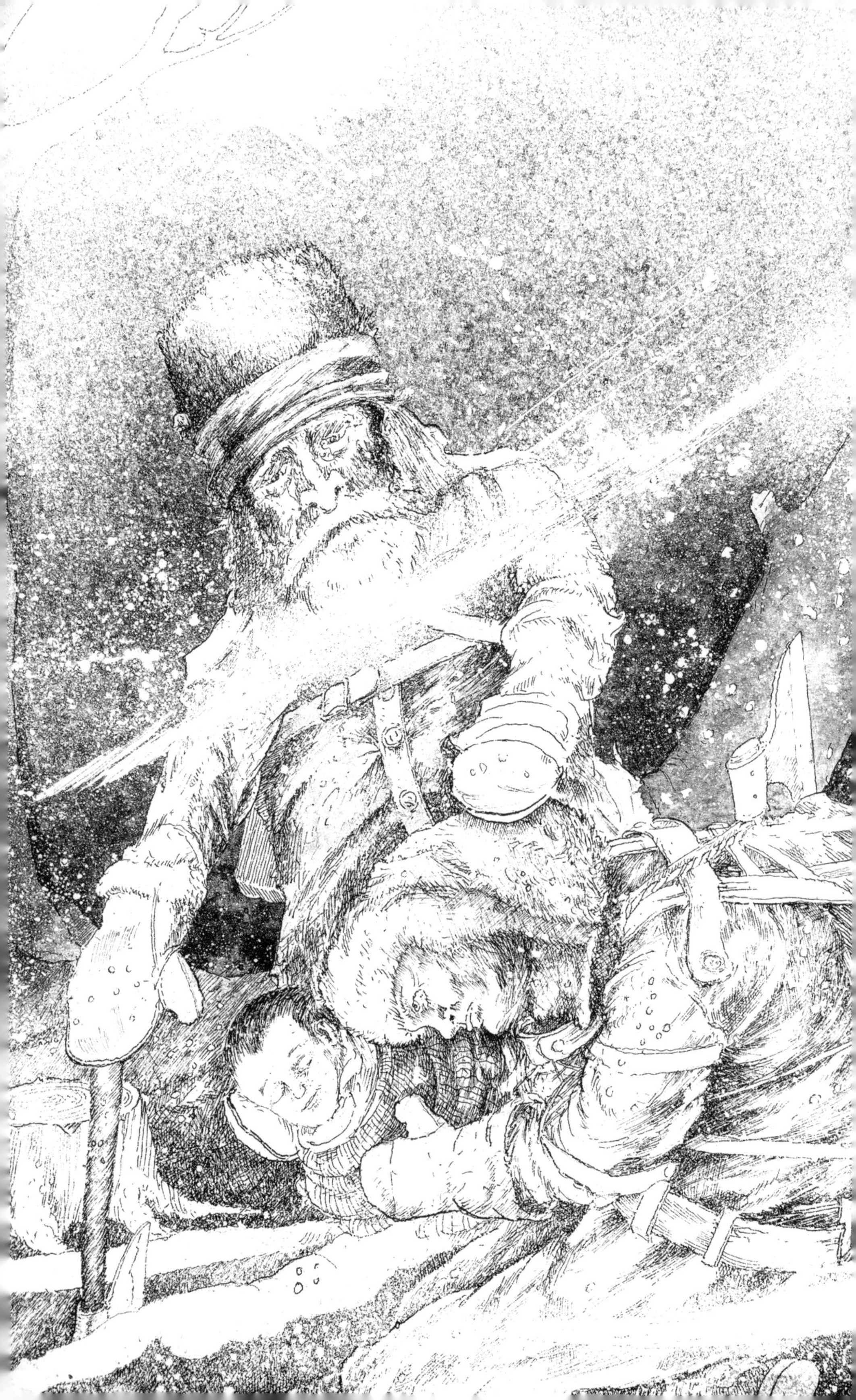

O MENINO-ESTRELA

ERA UMA VEZ dois lenhadores que voltavam para casa através de uma floresta de pinheiros. Era uma noite de inverno tão fria que nem mesmo as feras e as aves sabiam o que fazer. Rosnava o lobo:

— Uh! Que frio horroroso! E o governo não toma providência!

— Ui! Ui! — pipilavam os passarinhos. — A velha Terra morreu, tanto assim que a cobriram com esta mortalha branca.

— A Terra está é de casamento marcado, e este é o vestido da noiva! — sussurravam as rolinhas.

— Que bobagem! — uivou o lobo. — A culpa toda é do governo; devoro aquele que me desmentir!

O pica-pau, filósofo de nascença, declarou:

— As coisas são como são... E agora são geladas.

Os esquilos esfregavam os focinhos uns nos outros para se esquentarem; os coelhos enroscavam-se nas tocas. Só as corujas pareciam satisfeitas, apesar de endurecidas pelo frio:

— Que delícia de tempo!

Os lenhadores sopravam nas mãos, pisando a neve com suas grandes botas. Caíram em um buraco fundo, de onde saíram brancos como padeiros; de outra vez, escorregaram no gelo de um pântano, desatando-se os feixes de lenha. Em outra ocasião, perderam-se no escuro. Quando encontraram o caminho certo, começaram a rir de tão contentes. Mas um deles observou:

— Estamos rindo de bobos. A vida é boa para os ricos, não para os pobres como nós. Era bem melhor que tivéssemos morrido de frio na floresta.

— De fato — respondeu o outro —, uns poucos recebem demais e muitos recebem de menos. Tudo neste mundo foi muito mal distribuído, menos a dor.

Enquanto iam se lamentando, aconteceu uma coisa estranha: caiu do céu uma estrela brilhante. Atravessou o céu e caiu na terra, ali perto, atrás de um curral.

— Olha! — exclamaram os lenhadores, já a correr. — Isso vale um saco cheio de ouro.

Um dos lenhadores, mais ligeiro, abriu caminho por entre as árvores e chegou ao local, onde viu uma coisa dourada em cima da neve branca. Era um manto tecido de ouro, enrolado em várias dobras. Quando o outro chegou, desfizeram as dobras do manto, ansiosos por repartir entre si as moedas de ouro. Mas não encontraram ouro coisa nenhuma, nem prata, nem nada que lembrasse um tesouro: apenas um menininho adormecido.

— Que azar! Melhor deixar esta criança aqui e ir embora. Já somos pobres e temos os nossos próprios filhos para alimentar.

— Não! — disse o outro. — Seria uma maldade deixar este menino morrer de frio. O que tenho mal dá para os meus, mas, mesmo assim, minha mulher criará esta criancinha.

Com muito carinho, embrulhou a criança no manto e seguiu para a aldeia.

— Já que você vai ficar com a criança, dê-me o manto.

— Não, o manto não é meu nem seu, mas do menino.

Chegando em casa, o lenhador falou para a mulher:

— Achei uma coisa na floresta...

— Que é isso? Estamos mesmo precisando de tantas coisas...

Desdobrando o manto, ele mostrou a criança adormecida.

— Pelo amor de Deus! — exclamou a mulher. — Você não acha que já temos filhos demais?! Como iremos criá-lo?

— Este é filho de uma estrela e nos trará boa sorte! — replicou o lenhador, contando como encontrara o menino.

A mulher não se convenceu, antes falou com dureza:

— E agora vamos dar o pão de nossos filhos a uma criança desconhecida!... E quem vai cuidar de nós?

— Deus! Deus que cuida dos pardais e lhes dá de comer.

— Deus!? No inverno os pardais morrem de fome...

O homem não disse mais nada. Mas, daí a pouco, enquanto se aquecia, viu lágrimas nos olhos da mulher. Aproximando-se, o lenhador colocou-lhe a criança nos braços. Ela beijou o menino e o deitou na caminha do caçula.

No dia seguinte, o lenhador guardou na arca o manto e um colar que o menino trazia ao pescoço.

E assim, o menino-estrela cresceu entre os filhos do lenhador.

De ano para ano, foi tornando-se de uma beleza fora do comum, causando admiração em toda a aldeia. Era louro, claro e esguio.

Dessa beleza fora do comum nasceu a maldade do menino-estrela. Desprezava os filhos do lenhador e as outras crianças: eram inferiores, enquanto ele pertencia à nobreza dos astros. Orgulhoso, cruel e egoísta, não tinha pena dos pobres, nem dos cegos, nem dos aleijados, nem dos infelizes: atirava-lhes pedras. Só admirava a própria beleza, zombando de todos os outros. Ria-se de satisfação ao contemplar a própria imagem refletida na água.

O lenhador e a mulher costumavam repreendê-lo:

— Nós te tratamos bem. Por que tratas tão mal os desgraçados?

O padre fez o que era possível para ensinar-lhe o amor ao próximo e a todos os seres vivos:

— Até a mosca é tua irmã. Deus criou todos os animais. Não cabe a ti o direito de fazê-los sofrer.

Mas o menino-estrela não ligava para esses conselhos, fechando a cara ou encolhendo os ombros.

Entre os companheiros, era sempre o chefe. As crianças o seguiam porque era bonito, muito ágil, e sabia tocar flauta e inventar melodias. Riam quando ele furava os olhos de um bicho com uma vara pontuda.

Um dia passou pela aldeia uma mendiga com as roupas em farrapos. Sentou-se para descansar debaixo duma árvore. Ao vê-la, o menino-estrela chamou os outros:

— Vamos expulsar aquela mendiga horrenda. Detesto gente feia. — E começou a atirar pedras na pobre mulher, que ficou a olhar para ele, apavorada. Quando o lenhador viu o que estava a fazer o filho adotivo, correu até lá.

— Mas como podes ser tão mau? Que mal te fez esta pobre mulher?

O menino-estrela, vermelho de ódio, respondeu:

— E quem é você para me tratar desse jeito? Não sou seu filho; não recebo suas ordens.

— É verdade — replicou o lenhador —, mas não devias esquecer que foi por piedade que te trouxe da floresta.

Ao ouvir isso, a mendiga deu um grito e caiu desmaiada. Levada para a casa do lenhador, voltou a si.

— O senhor disse que encontrou aquele menino na floresta? Não foi isso há dez anos?

Ao ouvir a resposta, a mendiga perguntou:

— A criança não trazia no pescoço um colar? E não estava embrulhada em um manto tecido de ouro?

— É isso mesmo — confirmou o lenhador, abrindo a arca e mostrando a ela os dois objetos. A mendiga começou a chorar de alegria, exclamando:

— É o filho que perdi na floresta! Tenho andado atrás dele por todo o mundo. Por favor, vá buscá-lo.

O lenhador e a mulher foram buscar o menino:

— Vai para a casa, que tua mãe está te esperando.

Ele saiu correndo, cheio de espanto e alegria; mas, ao ver quem o esperava, começou a rir com desprezo:

— Afinal, onde está minha mãe? Só vejo aqui esta mendiga imunda.

— Eu sou a tua mãe — disse ela.

— Você é uma maluca! — exclamou, com raiva, o menino-estrela. — Como eu posso ser filho de uma mendiga feia e esfarrapada? Desapareça daqui! Não quero ver sua cara!

— Juro que és meu filho e que te perdi na floresta — repetiu a mulher, caindo de joelhos, de braços abertos. — Vem comigo. Preciso do teu amor.

Mas o menino-estrela tinha fechado à própria mãe as portas do coração. A mulher soluçava. E ele falou de maneira impiedosa:

— Se você é mesmo minha mãe, não devia ter aparecido aqui. Eu, que pensava ser filho de uma estrela, estou agora morrendo de vergonha. Não quero vê-la nunca mais.

— Meu filho! Meu filho! — exclamou ela. — Sim, vou-me embora; só quero um beijo de despedida.

— Não dou beijo nenhum; prefiro beijar um sapo.

A mulher tomou o caminho da floresta, chorando. Satisfeito, o menino-estrela foi encontrar-se de novo com os companheiros; mas estes, quando o viram, começaram a dizer:

— Você está parecendo uma cobra de tão feio!

— Você está mais nojento que um sapo!

Expulso da companhia dos outros, o menino-estrela não entendeu o que se passava. Procurou um poço, olhou para a água e (que coisa terrível!) estava com cara de sapo e com o corpo coberto de escamas. Debruçado no chão, pôs-se a chorar. Tudo aquilo acontecera por ter repelido a própria mãe; só lhe restava procurá-la por todos os cantos do mundo.

Correndo para a floresta, começou a chamar pela mãe, sem obter resposta. Ao anoitecer, dormiu sobre folhas secas. Todos os animais o evitavam, menos os sapos e as cobras, que iam a seu encontro.

Pela manhã comeu umas frutas amargas e continuou a andar e a chorar. Perguntava pela mãe a tudo e a todos.

— Você — disse a uma toupeira —, que vê até debaixo da terra, por acaso encontrou minha mãe?

— Não vejo mais nada; você me furou os olhos.

E a um passarinho:

— Você, que vê tudo lá do alto, por acaso encontrou minha mãe?

— Não posso mais voar: você cortou as minhas asas.

Fez a mesma pergunta a um esquilo, e este respondeu:

— Você matou minha mãe; está agora querendo matar a sua?

O menino-estrela, chorando de cabeça baixa, pedindo perdão aos seres da natureza, continuou pela floresta, chegando depois de três dias a uma planície. Ao passar pelas aldeias, as crianças lançavam-lhe pedras. Todos lhe mostravam repugnância.

Apesar de ter andado pelo mundo durante três anos, não teve notícias da mendiga. Às vezes parecia vê-la ao longe, punha-se a correr, sangrando os pés nas pedras. E não era quem buscava.

Assim vagou pela Terra, sem encontrar amor, bondade ou compaixão.

Uma noite chegou à entrada de uma cidade, à margem de um rio. Os soldados impediram-lhe a passagem, falando-lhe rudemente:

— Que vem você fazer aqui?

— Procuro minha mãe; deixe-me passar, por favor.

Os soldados puseram-se a zombar dele.

— Acho que sua mãe não vai ficar nada contente de ver um filho mais feio do que um sapo. Desapareça daqui! Sua mãe não mora nesta cidade.

— Quem é sua mãe? — perguntou outro guarda.

— Minha mãe é uma pobre mendiga como eu. Fui muito mau para com ela e quero pedir-lhe perdão. Deixem-me passar.

Espetado pelas lanças, dispunha-se a ir de volta, quando outro soldado aproximou-se, perguntando o que se passava:

— É um mendigo que procura a mãe mendiga.

— Vamos vendê-lo como escravo e comprar um pouco de vinho.

— Por um pouco de vinho eu compro! — disse um velho de cara perversa. Pagou o preço pedido, agarrou o menino pela mão e entrou na cidade.

Passaram por várias ruas e chegaram a um muro. Uma portinhola se abriu, mostrando cinco degraus de bronze, por onde desceram; chegaram a um jardim cheio de papoulas negras e jarros verdes. Com o lenço, o velho vendou os olhos do menino, empurrando-o para a frente. O filho da estrela, retirada a venda, achou-se em um porão, iluminado por uma lamparina.

— Come! — disse-lhe o velho, mostrando na mesa um pedaço de pão mofado. Depois foi-se embora, fechando a porta com uma corrente.

O velho, que era o maior feiticeiro do país, voltou no dia seguinte:

— Em um bosque perto desta cidade, existem três moedas de ouro: uma é de ouro branco, outra de ouro amarelo e outra de ouro vermelho. Hoje, você tem de me trazer a primeira; caso contrário, levará cem chicotadas. Ficarei esperando por você na porta do jardim.

Vendou-lhe os olhos e o conduziu para fora.

O menino-estrela caminhou até chegar ao bosque, que, olhando de fora, parecia belíssimo e cheio de pássaros e flores. De nada lhe valeu toda aquela beleza: por onde passava, os espinhos subiam do chão para picá-lo. Procurou da manhã até o cair da noite, mas não achou a moeda de ouro branco. Voltou chorando para a casa do feiticeiro, já sabendo a sorte que o esperava.

Quando chegou à orla do bosque, ouviu um grito de aflição. Esquecendo a própria desgraça, descobriu uma lebre presa na armadilha. Sentindo pena, soltou o bichinho, dizendo-lhe:

— Eu não passo de um escravo, mas a você posso libertar.

— Muito obrigado — disse a lebre. — Deseja em troca alguma coisa?

— Ando atrás de uma moeda de ouro branco, mas não consigo encontrá-la. Vou levar cem chicotadas do meu dono.

— Vem comigo; sei onde está escondida essa moeda. — Assim foi. No oco de uma grande árvore estava a moeda de ouro branco. O menino agarrou a moeda e agradeceu à lebre, que partiu em disparada.

À entrada da cidade, estava sentado um leproso com o rosto coberto por um capuz de pano cinzento. Seus olhos brilhavam nos buracos do capuz como duas brasas. Estendendo uma tigela de pau, pediu ao menino-estrela:

— Uma esmolinha, que estou morrendo de fome.

— Só tenho uma moeda e tenho de levá-la a meu senhor.

O leproso implorou tanto que o menino sentiu pena e lhe deu a moeda de ouro.

Quando o feiticeiro soube que ele não trouxera a moeda, deu-lhe a surra prometida e mostrou-lhe um prato e um jarro vazios:

— Sua comida e sua água!

No dia seguinte, o feiticeiro voltou ao porão:

— Se hoje você não trouxer a moeda de ouro amarelo, levará trezentas chicotadas.

O menino-estrela foi para o bosque e cansou-se de procurar. Ao cair da noite estava chorando, quando apareceu a lebrezinha da véspera, querendo saber dele o que se passava.

— Estou procurando uma moeda de ouro amarelo.

— Venha comigo. — E a lebre saiu correndo até chegar a uma lagoa; no fundo dela estava a moeda de ouro amarelo.

— Não sei como agradecer tanta bondade — disse o menino-estrela.

— Você foi o primeiro a ter pena de mim! — respondeu a lebre, saindo a correr.

Com a moeda no bolso, tomou o caminho de volta. O mesmo leproso foi ao seu encontro, ajoelhando-se:

— Uma esmolinha, que estou morrendo de fome.

— Só tenho uma moeda de ouro amarelo; tenho de levá-la ao meu senhor, para não levar trezentas chicotadas.

Mas o leproso tanto pediu que o menino, compadecido, deu-lhe a moeda.

— Trouxe a moeda? — perguntou o feiticeiro, em casa.

— Não.

Depois de espancado, o menino-estrela foi atirado ao porão. Na manhã seguinte, o feiticeiro apareceu:

— Se você trouxer hoje a moeda de ouro vermelho, ganhará a liberdade. Caso contrário, morrerá.

O menino-estrela andou o dia inteiro no bosque, mas não encontrou a moeda. Ao cair da noite, sentou-se a chorar; a lebrezinha surgiu mais uma vez, explicando-lhe:

— A moeda de ouro vermelho está naquela caverna ali perto. Não é preciso chorar mais.

— É a terceira vez que você me ajuda! — disse o menino. — Nem sei o que fazer para pagar tanta bondade.

— Você foi o primeiro a ter pena de mim! — respondeu a lebre, já começando a correr.

O rapaz apanhou a moeda dentro da caverna e voltou para a cidade, apressado.

— Uma esmolinha, que estou morrendo de fome! — gritou-lhe o leproso.

E, mais uma vez, teve pena do infeliz, dando-lhe a moeda de ouro vermelho. Mas entrou a sofrer na cidade, sabendo a sorte que o esperava.

Mas — coisa extraordinária! — os guardas curvaram-se até o chão quando ele passou, comentando:

— Como é belo o nosso príncipe!

Nas ruas, começou a ser seguido pela multidão.

— Não há pessoa mais bela no mundo! — diziam.

O menino-estrela, com lágrimas nos olhos, pensava: "Estão zombando da minha desgraça."

Havia tanta gente em torno que não achou o caminho, até que foi dar em uma grande praça, onde ficava o palácio. Abriu-se o portão e os homens importantes do país vieram ao seu encontro, a fazer reverências. Disseram-lhe:

— Há muito tempo aguardávamos Vossa Alteza, o filho do rei.

— Não sou filho do rei, mas filho de uma infeliz mendiga. E não sou belo; sou horrível.

— Como pode, Alteza, dizer que não é belo? — perguntou o comandante do exército levantando um escudo polido.

Olhando para o escudo, o menino-estrela viu o seu rosto de antigamente. Só que os seus olhos não eram maus, eram puros.

Ajoelharam-se todos, e um deles disse:

— Vossa Alteza será o nosso rei.

— Não sou digno — replicou o menino —, pois reneguei minha mãe e só posso ter descanso depois que ela me perdoar. Preciso partir pelo mundo.

Virou-se para dar o primeiro passo, quando viu — coisa extraordinária! — a mendiga e o leproso a caminhar na multidão.

Correu para a mãe com um grito de alegria, ajoelhando-se a chorar. Com a cabeça encostada na poeira do chão, exclamou, de coração despedaçado:

— Minha mãe, reneguei a senhora por orgulho; aceite seu filho na hora da humilhação. Pague com o seu amor o meu ódio.

Mas a mendiga permaneceu calada. Ele agarrou os pés do leproso e implorou:

— Três vezes tive pena de você. Peça a minha mãe que fale comigo.

Mas o leproso permaneceu calado. E ele soluçou de novo e disse:

— Minha mãe, não posso suportar tanto sofrimento. Só quero o seu perdão; depois volto para a floresta.

A mendiga colocou a mão em sua cabeça, ordenando:

— Levanta-te.

E o leproso ordenou:

— Levanta-te.

Levantando-se, o menino-estrela — coisa extraordinária! — viu um rei e uma rainha.

Disse-lhe a rainha:

— Este, a quem socorreste, é teu pai.

Disse-lhe o rei:

— Esta, cujos pés lavaste com tuas lágrimas, é tua mãe.

Abraçado e beijado pelos pais, o menino-estrela foi conduzido ao palácio.

Coroado rei, governou com rara justiça e clemência. Expulsou o feiticeiro da cidade, mandou ricos presentes ao lenhador e, à mulher e aos filhos destes, concedeu grandes honrarias. Não permitiu que ninguém fosse cruel para com as aves e todos os outros bichos de criação. Ensinou o amor, a bondade e a misericórdia. Deu alimento aos pobres, deu roupa aos esfarrapados. Enfim, houve paz e fartura no reino.

Mas não reinou por muito tempo. Tão grande tinha sido o seu sofrimento, tão duras as suas provações, que morreu ao fim de três anos. Seu sucessor foi péssimo.

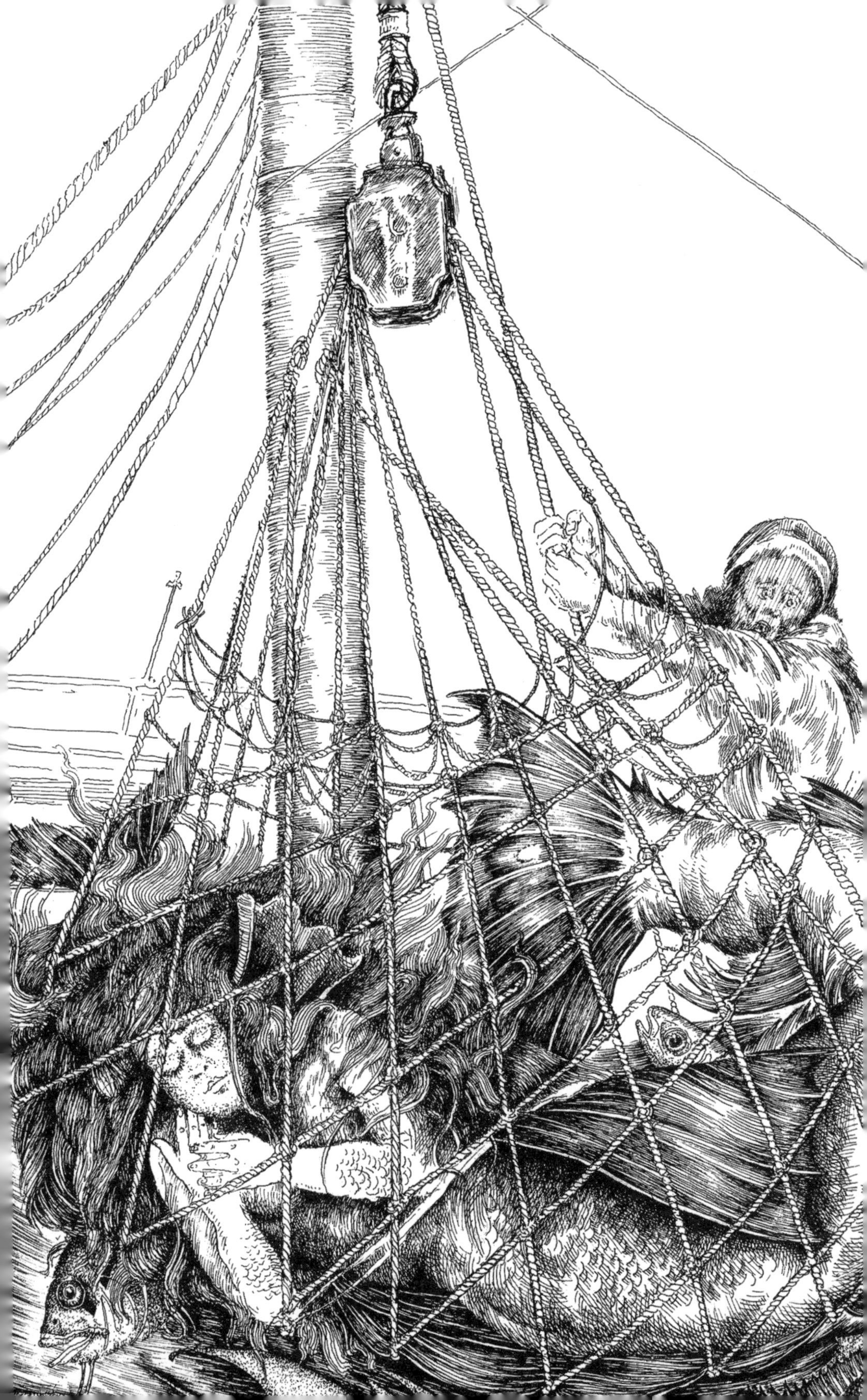

O PESCADOR
e sua alma

TODAS AS NOITES o jovem pescador lançava a rede ao mar. Quando soprava o vento de terra, não apanhava nada ou muito pouco; quando o vento soprava para a praia, os peixes subiam das profundezas e caíam na rede. Ele os vendia a bom preço no mercado.

Uma noite a rede ficou tão pesada que pensou ter apanhado todos os peixes do mar ou um monstro fabuloso, que todos desejariam ver.

Quando a rede subiu à tona, não viu nenhum peixe nem monstro, mas apenas uma sereiazinha adormecida.

Seus cabelos pareciam um novelo de ouro úmido. O corpo parecia de marfim e a cauda, de prata. Como conchas marinhas eram suas orelhas e como o coral eram os seus lábios.

Era tão bonita que o pescador ficou todo maravilhado, apertando-a em seus braços. Ao tocá-la, ouviu um grito, como faz a gaivota assustada. Acordada, ela o fitou com medo, procurando fugir.

Vendo-se presa, começou a chorar:

— Peço-te que me soltes; sou a filha única de um rei, que está velho e sozinho.

— Só se prometeres que virás cantar para mim sempre que te chamar; os peixes adoram as canções do povo do mar, e assim poderei encher a minha rede.

Ela então fez o juramento solene do povo do mar. O pescador abriu os braços, e a sereiazinha sumiu nas águas, ainda a tremer de medo.

Todas as noites o pescador chamava a sereia, que emergia das águas e cantava. Os golfinhos nadavam em volta; e as gaivotas revoavam em cima.

Sua canção era maravilhosa: falava do povo do mar que conduz seus rebanhos de caverna em caverna; dos gênios de barbas verdes, que sopram os búzios quando passa o rei; do palácio real, feito de esmeraldas e pérolas; dos jardins marinhos, onde os peixes parecem pássaros de prata. E dizia também a canção das enormes baleias que descem dos mares gelados; dos navios naufragados com seus altos mastros, dos peixes que entram e saem pelas vigias abertas; dos polvos que vivem perto dos rochedos com seus longos braços escuros; das sereias que cantam para os marinheiros; dos cavalos-marinhos com suas crinas flutuantes.

E, enquanto ela cantava, os grandes peixes subiam para escutá-la; o pescador enchia o barco de peixes e a sereia mergulhava no mar, sorrindo para ele.

Nunca se aproximava muito, por mais que ele pedisse. A voz da sereia soava cada vez mais doce ao jovem, tão doce que já se esquecia da rede, completamente distraído. Os cardumes passavam à vontade ali por perto, e era como se ele não os visse. De olhar perdido, permanecia no barco, escutando, escutando, até que o nevoeiro o envolvesse.

Uma noite disse para a sereia:

— Eu te amo. Quero ser teu noivo.

Mas a sereiazinha abanou a cabeça:

— A tua alma é humana. Só poderia amar-te se mandasses embora a tua alma.

O pescador disse para si mesmo: "A alma não me serve para nada. Não posso vê-la; não posso tocá-la; nem a conheço. Não é problema: posso mandá-la embora, com muito prazer."

Pondo-se em pé no barco, falou para a sereia:

— Vou mandar minha alma embora. Ficaremos noivos e viveremos no fundo do mar. Quero viver contigo para sempre.

A sereiazinha riu de contente, escondendo o rosto nas mãos.

— Mas como hei de fazer para mandar a alma embora? — perguntou-lhe o pescador.

— Coitada de mim! Não entendo nada disso; o povo do mar não tem alma. — E, olhando para ele como quem vai aguardar uma resposta, mergulhou.

Na manhã seguinte, bem cedinho, o pescador procurou o padre.

— Seu padre, estou apaixonado por uma moça do mar, mas a alma está me atrapalhando. Quero saber como posso mandar a minha alma embora.

O padre fez o sinal da cruz:

— Meu Deus do Céu! Você ficou louco, rapaz! Ou então comeu alguma erva daninha. A alma é a parte mais nobre do homem. Não há nada mais precioso do que a alma. Vale mais que todo o ouro do mundo. Esqueça, meu filho, esse amor que é um pecado sem perdão. O povo do mar está perdido, e perdidos estão todos os que se entendem com eles. São como os animais do campo: não distinguem o bem do mal. Nosso Senhor morreu pelos homens, não pelo povo do mar.

Os olhos do moço encheram-se de lágrimas:

— Eles vivem felizes; quero ser como eles. Quanto à minha alma, de que me serve? Ela só impede que eu me aproxime de quem amo.

— O amor ao corpo é pecaminoso! — bradou o padre, irritado. — E pecaminosos e maus são os seres pagãos que Deus permite vagarem por seu reino! Malditas sejam as sereias!

Até a mim já tentaram, cantando à noite suas canções perigosíssimas. Para elas não há Céu nem Inferno. Repito, são criaturas perdidas!

— Seu padre, o senhor não sabe o que está dizendo! — exclamou o pescador. — Apanhei na minha rede a filha do rei. É mais bela do que a Estrela da Manhã, mais branca do que a luz da lua. Pelo amor da sereia, eu dou a minha alma.

— Saia daqui! Saia daqui! — gritou-lhe o padre.

O pescador dirigiu-se ao mercado, onde um negociante lhe perguntou se ele trazia alguma coisa para vender.

— Estou vendendo a minha alma.

Os negociantes riram-se dele.

— De que nos serve a alma de um homem? Por que não nos vende o corpo, que pelo menos pode ser revendido como escravo? A alma, ora essa!

"Que coisa mais estranha", pensou o rapaz, "o padre disse que a alma vale mais do que todo o ouro da terra; os negociantes dizem que não vale nada."

♣

O pescador tinha ouvido falar de uma jovem feiticeira que morava em uma gruta no fim da enseada. Saiu logo para lá, correndo pela praia.

A feiticeira, sentindo cócegas na palma da mão, adivinhou quem estava a caminho, e riu, soltando os cabelos ruivos. Com um ramo de árvore encantada na mão, ficou sentada, esperando.

— Em que te posso servir? — perguntou, logo que ele apareceu. — Se queres peixe, tenho uma flauta de bambu infalível. Mas isso tem um preço, meu belo rapaz, mas isso tem um preço. Ou queres uma tempestade que faça naufragar os navios e atire na praia arcas cheias de tesouros? Não é difícil para mim. Mas isso tem um preço, meu belo rapaz. Sei fazer um caldo de sapo, que se mexe com mão de defunto. Se o derramares em teu inimigo, poderás transformá-lo em cobra venenosa, e a própria mãe o matará. Afinal, que desejas? E só dizer. Mas pagarás o preço, meu belo rapaz!...

— Meu desejo é muito simples. Mas, mesmo assim, o padre ficou furioso e os negociantes zombaram de mim. Pago qualquer preço. Queria mandar minha alma embora.

A feiticeira ficou pálida e sentiu um arrepio.

— Que coisa mais terrível, meu belo rapaz!

— Ora! — disse ele rindo —, a alma não me serve para nada; não posso vê-la, não posso tocá-la, nem a conheço.

— Que me darás para que eu te ensine a fórmula?

— Cem moedas de ouro, minhas redes, minha cabana, meu barco pintado.

Ela riu, batendo-lhe de leve com o ramo.

— Não preciso de riquezas. Posso transformar em ouro as folhas mortas e tecer os raios do luar como se fossem fios de prata.

— Que te darei então?

A feiticeira alisou-lhe o cabelo:

— Terás de dançar comigo.

— Só isso? — perguntou o pescador, maravilhado.

— Só isso.

— Então, ao pôr do sol, em qualquer lugar escondido, dançaremos. E dirás o que desejo saber.

— Não — murmurou a feiticeira —, quando a lua estiver cheia, quando a lua estiver cheia!

Um pássaro azul saiu do ninho, voando e piando. E só se ouvia o barulho das ondas de encontro aos seixos da praia. A feiticeira estendeu a mão e colocou os lábios secos perto da orelha dele.

— Esta noite — segredou — tens de ir ao alto do morro. É noite de bruxaria e ele estará presente.

O pescador sentiu um arrepio, e ela riu.

— De que estás falando?

— Isso não te interessa. Espera-me debaixo da terceira árvore. Se te atacar um cão preto, bate-lhe com uma vara de salgueiro, e ele fugirá. Se uma coruja falar contigo, não respondas. Quando a lua estiver cheia, dançaremos os dois sobre a relva.

— Juras que ficarei livre de minha alma?

— Juro-te pelas patas do bode.

— És a melhor feiticeira do mundo, e hei de dançar contigo no alto do morro — disse o pescador, partindo para a cidade, muito feliz.

A feiticeira entrou na gruta, olhou-se no espelho e murmurou:

— Eu é que devia ser a noiva; sou tão bela quanto a sereia.

※

Quando nasceu a lua, o pescador subiu ao alto do morro, e parou debaixo da terceira árvore. As silhuetas dos barcos de pesca deslizavam na enseada. Uma coruja gorda chamou o rapaz pelo nome, mas não teve resposta. Um cão preto correu para ele, rosnando, mas fugiu, ganindo, quando sentiu a vara de salgueiro no lombo.

À meia-noite chegaram as feiticeiras, voando como morcegos.

— Oh! — exclamaram, ao pousar no chão — há um desconhecido por aí. — E puseram-se a farejar, fazendo sinais umas para as outras.

A última a chegar foi a jovem feiticeira, com seus cabelos ruivos a flutuar no vento. Trajava um vestido dourado; na cabeça, um chapeuzinho de veludo verde.

— Onde está ele, onde está ele? — guincharam as feiticeiras ao vê-la. Sorridente, ela foi buscar o pescador. E os dois puseram-se a dançar à luz da lua cheia.

Rodavam sem parar, e a jovem feiticeira pulava tão alto que ele podia ver os saltos vermelhos de seus sapatos. Mas um tropel de cavalos, sem que se visse qualquer cavalo, fez o pescador sentir medo.

— Mais depressa, mais depressa! — exclamava a feiticeira, enlaçando o pescoço do pescador e soprando-lhe na face um hálito de fogo.

A terra parecia girar sob os seus pés; e era como se uma coisa horrível estivesse a espiá-lo. Apavorado, o pescador viu, por fim, uma figura estranha à sombra de um rochedo.

Era um homem vestido de veludo preto. Tinha o rosto muito pálido, mas os lábios muito vermelhos. Parecia cansado. No chão, estava um chapéu de plumas e um par de luvas de montaria. Sobre os ombros, uma capa curta; seus dedos eram enfeitados de anéis.

O pescador, dançando sempre, não tirava os olhos dele, como se estivesse enfeitiçado.

De repente, um cão latiu na floresta e os dois pararam de dançar. As feiticeiras, duas a duas, ajoelharam-se e beijaram a mão do homem, que sorria de leve, com desprezo.

— Vamos também adorá-lo! — murmurou a feiticeira, arrastando o moço. Ele seguiu, mas, ao aproximar-se, sem saber por quê, fez o sinal da cruz, em nome do Pai, do Filho e do Espírito Santo.

As feiticeiras, guinchando como aves de rapina, fugiram. A face pálida estremeceu, como alguém que sente uma dor súbita. Depois, um assovio partiu de seus lábios, surgindo logo um cavalo com arreios de prata. Depois de saltar para a sela, a estranha figura fitou o jovem com pesar. A feiticeira de cabelos ruivos também tentou fugir, mas foi agarrada pelos pulsos fortes do pescador.

— Solta-me! — exclamou. — Disseste um nome que não deve ser dito e fizeste o sinal que não deve ser visto.

— Antes tens de me dizer o segredo.

— Que segredo? — perguntou a feiticeira, mordendo o pescador.

— O da minha alma.

— Tudo, menos isso! — disse ela, chorando. — Eu sou tão bonita quanto a filha do mar; quero ser tua noiva.

Mas o rapaz ficou sério:

— Se não cumprires a promessa, eu te mato.

— Assim seja! — disse ela, trêmula. — É a tua alma e não a minha.

A feiticeira entregou-lhe uma pequena faca com o cabo revestido de pele de víbora.

— Que faço com isto?

A bruxa ficou calada por um instante, com uma expressão de terror; sacudiu os cabelos, rindo de modo estranho:

— O que os homens chamam de sombra do corpo é o corpo da alma. Vai para a praia e, de costas para a lua, corta em redor de teus pés a tua sombra, o corpo de tua alma; e ordena que ela te abandone.

— É verdade? — perguntou o pescador, arrepiado.

— É a verdade que eu preferia não ter contado — disse ela, agarrando-se, a chorar, aos joelhos do pescador.

Mas o pescador desvencilhou-se da jovem feiticeira, e desceu a montanha com a faca no cinto. A alma, dentro dele, gemeu:

— Não posso acreditar! Vivi contigo todo esse tempo e fui tua escrava. Não me afastes de ti agora. Que mal te fiz?

O pescador sorriu:

— Não me fizeste mal nenhum, mas não preciso de ti. Vasto é o mundo. E há também o céu e o inferno. Podes ir para onde quiseres, pois meu amor me espera.

A alma continuou suplicando, mas ele saltava de rocha em rocha com a agilidade de um cabrito montês, chegando por fim à areia da praia. Aí parou, de costas para a lua; diante dele, estava a sombra, que lhe fez uma última súplica:

— Se queres mesmo deixar-me, dá-me teu coração.

— Como?! Como eu poderia amar sem coração?

— Eu também te amo.

— Mas eu não preciso de ti.

Tirando da cinta o punhal, o pescador cortou a sombra em volta dos pés. E a sombra ergueu-se, parou diante dele, olhando-o: eram iguais!

O pescador deu um passo atrás, guardando a faca, amedrontado.

— Não quero te ver nunca mais — falou, baixinho.

— Não, ainda temos de nos encontrar.

— Como?! Acho que não irias comigo para o fundo do mar.

— Uma vez por ano virei a este mesmo lugar, e chamarei por ti. É possível que precises de mim.

— Como poderei precisar de ti? Mas seja como quiseres.

Dizendo isso, mergulhou no mar. A sereia veio a seu encontro, beijando-o. Quando desapareceram os dois, a alma começou a andar, chorando.

Um ano depois, a alma chamou o pescador.

— Por que me chamas? — disse ele, subindo do abismo.

— Chega mais perto. Quero falar contigo.

O jovem aproximou-se, e a alma lhe disse:

— Quando te deixei, fui para o Oriente. Em uma planície seca, depois de viajar muito, vi, à noite, a fogueira de um acampamento. Lá estava um bando de mercadores. Quando me aproximei, o chefe desembainhou a espada e me perguntou o que me trazia. Disse-lhe que era príncipe em minha terra e estava fugindo daqueles que desejavam aprisionar-me. Ele quis saber quem era para mim o profeta de Deus, e eu lhe respondi que era Maomé.

"Ao ouvir o nome do falso profeta, curvou-se e colocou-me a seu lado, dando-me leite de égua e carne de carneiro.

"Ao raiar do dia, segui em viagem com eles, cavalgando um camelo avermelhado. Havia quarenta camelos na caravana e oitenta mulas carregadas de mercadorias. Nos vales, tribos inimigas lançavam-nos flechas; à noite, ouvíamos o rufar de tambores selvagens. Passamos pelo país dos que odeiam a lua. Atravessamos terras cheias de serpentes. Atravessamos rios caudalosos em jangadas; os hipopótamos procuravam atacar-nos.

"Os reis de cada país exigiam que pagássemos para passar. Os moradores das aldeias, quando nos viam chegar, envenenavam a água dos poços e fugiam para os montes. Lutamos com os Magadás, que nascem velhos e vão ficando moços de ano em ano até morrerem criancinhas; lutamos com homens que se dizem filhos de tigre e se pintam de amarelo e preto; com os que vivem em cavernas escuras, com medo de que o deus-sol possa matá-los; com os que alimentam o deus-crocodilo com manteiga e aves vivas; com os Agazombas, que têm cara de cachorro; com os Sibanos, que têm pés de cavalo e são mais velozes que os cavalos.

"Um terço do nosso bando morreu em combate, e outro terço, de fome. Os outros passaram a dizer que eu trazia má sorte e quiseram matar-me. Agarrei uma víbora debaixo de uma pedra e deixei que ela me picasse; quando viram que nada me acontecia, passaram a ter medo de mim.

"No quarto mês de viagem, atingimos a cidade de Illel. O ar era sufocante. Colhemos romãs e dormimos sobre nossos tapetes. Ao raiar da aurora, fomos bater à porta da cidade, uma porta de bronze, cheia de cavalos-marinhos e leões alados em relevo. Os guardas perguntaram o que desejávamos. Dissemos que vínhamos de longe, carregados de mercadorias. Só abriram a porta ao meio-dia. O povo todo saiu para as ruas querendo ver-nos. No mercado, os escravos da caravana desamarraram os fardos e abriram as arcas. Os mercadores expuseram o que traziam: linho encerado do Egito e linhos coloridos da Abissínia; esponjas cor de púrpura, tapeçarias azuis, taças de âmbar translúcido, vasos de delicado cristal e curiosas vasilhas de cerâmica. Do alto de uma casa, acenou para nós uma mulher de máscara de couro dourado.

"No primeiro dia, compareceram para negociar conosco os sacerdotes do templo; no segundo, vieram os nobres; no terceiro, os operários e os escravos.

"Uma tarde, quando eu vagava perto do templo, um sacerdote, vestido com uma pele de serpente e uma túnica amarela, perguntou-me qual seria o meu desejo. Respondi-lhe que era ver o deus do templo. Olhando-me com seus olhinhos amendoados, de modo estranho, disse-me que o deus estava caçando. Perguntei-lhe onde ficava a floresta. Passando os dedos na túnica, murmurou: 'O deus está dormindo.' Pedi para que me dissesse onde ficava a cama. Ele bradou: 'O deus está na festa.' Disse que gostaria de beber vinho com o deus. Segurando-me na mão, ele me levou ao templo: lá estava um ídolo, sentado em um trono de pedras preciosas; era uma escultura de madeira negra, do tamanho de um homem. Seus pés estavam manchados de sangue fresco de um cabrito. Perguntei ao sacerdote: 'É este o deus?' — e ele disse que sim. Gritei para ele: 'Se não me mostrares o deus, eu te mato.' Toquei-lhe a mão, que logo ficou seca. Suplicou-me: 'Cure, Senhor, a minha mão, para que eu lhe mostre o deus.' Meu sopro deu vida nova a seus dedos.

"Ainda trêmulo, acompanhou-me a uma outra sala, onde vi um ídolo de pé, ornado de esmeraldas. Era uma escultura de marfim do tamanho de dois homens. O sacerdote disse que aquele era o deus e novamente ameacei matá-lo. Passei-lhe a mão nos olhos, e ele ficou cego. Suplicou que o curasse, e me mostraria o deus. Com um sopro dei vida a seus olhos. O sacerdote conduziu-me então a uma terceira sala, uma sala sem imagens, tendo apenas um espelho de metal sobre um altar de pedra. Perguntei onde estava o deus, e o sacerdote respondeu-me: 'Não há deus nenhum, mas só isto, o Espelho da Sabedoria; reflete todas as coisas do Céu e da Terra, exceto o rosto de quem o contempla; assim, quem nele se contempla, pode ser sábio; os outros espelhos todos refletem as opiniões; só este é o Espelho da Sabedoria. Tudo sabe quem o possui, e nada lhe pode ser escondido; assim, ele é o deus, e nós o adoramos.'

"Então, olhei para o espelho e vi que o homem tinha razão. Fiz uma coisa estranha, mas não falemos nisso. Em um vale aqui perto, escondi o Espelho da Sabedoria. Permite que entre de novo em ti, e serei a tua serva. Serás o sábio dos sábios. O Espelho que trouxe do longínquo Oriente fará de ti a própria Sabedoria."

Mas o jovem pescador, rindo-se, respondeu:

— O amor é melhor do que a sabedoria. E tenho o amor da sereia.

— Não há nada melhor do que a sabedoria! — insistiu a alma.

— O amor é melhor! — repetiu o pescador, mergulhando no mar. A alma afastou-se, chorando.

❧

Depois de mais um ano, a alma voltou à praia e chamou o pescador.

— Vi coisas extraordinárias; chegue mais para perto.

Com a cabeça na mão, o pescador começou a ouvir:

— Quando te deixei, caminhei para o sul, de onde vem tudo que é precioso. Entrei em Aster, dizendo aos guardas ser um monge maometano a caminho de Meca, a cidade sagrada. Lá dentro é como um enorme bazar. As lanternas de papel nas ruas parecem borboletas. Os mercadores ficam à frente das tendas, sentados em tapetes de seda. Alguns deles vendem perfumes raros do oceano Índico. Outros vendem braceletes de prata, enfeitados de turquesas azuis, e aros de latão cheios de pérolas e garras de animais ferozes engastadas em esmeraldas. Devias ter ido comigo. O vinho de Xiraz é servido em taças de metal semeadas de pétalas de rosa. No momento, há toda espécie de frutas: figos de polpa vermelha, melões amarelos como topázios, limões de um verde-ouro. Vi um elefante parar diante de uma barraca para comer laranjas, e os meninos riam. Como é estranha aquela gente! Quando estão alegres dão liberdade a um passarinho, para ficarem ainda mais alegres; e, quando estão tristes, batem em si mesmos com chicotes de espinhos para que a dor não diminua.

"Na Festa da Lua Nova, o imperador passou para rezar na mesquita. O povo atirava-se ao solo, escondendo o rosto. Fiquei parado, em pé. Os outros, espantados, aconselharam-me que fugisse da cidade. Não dei ao caso a menor importância. Naquela noite, quando tomava chá na Rua das Romãs, entraram os guardas do imperador e levaram-me ao palácio. Lá dentro havia um grande pátio com uma arcada. As paredes eram de mármore branco e azulejos verdes. Nunca vi nada tão belo!

"Os guardas abriram um portão de marfim, e achei-me em um parque, onde se viam flores raras. Um rouxinol cantava em um cipreste.

"Fui levada a um pavilhão, onde entrei firme. O jovem imperador, recostado sobre um divã de peles de leão, tinha um falcão pousado no pulso. Sobre a mesa, ao lado, jazia uma enorme espada curva.

"Ao ver-me, o imperador, com expressão sinistra, perguntou qual era o meu nome. Fiquei calado. Ele apontou para a espada, e um gigantesco escravo descarregou-me um golpe violento. A lâmina zuniu através do meu corpo sem me fazer mal. O escravo, a tremer de medo, foi esconder-se atrás do divã.

"O imperador, pondo-se de pé, arremessou-me uma lança. Apanhei-a em pleno voo e parti-lhe a haste em dois pedaços. Tirou um punhal do cinto e feriu o escravo na garganta, com medo de que ele contasse aos outros a afronta.

"Quando o escravo parou de respirar, o imperador passou um lenço de seda na testa e perguntou-me se eu era profeta ou filha de profeta. Depois me pediu para deixar a cidade naquela mesma noite. Eu lhe disse que só o faria em troca da metade do seu tesouro.

"Pegando-me pela mão, o imperador levou-me ao parque. O chefe da guarda ficou boquiaberto, ao ver-nos. Há no palácio um salão com oito paredes de pedra vermelha; do teto de bronze, pendem muitas lâmpadas. Uma parede, tocada pelo imperador, abriu-se, e descemos a um corredor iluminado por várias tochas. De ambos os lados, em nichos, havia grandes jarras a transbordar de moedas de prata. No centro do corredor, o imperador disse uma palavra mágica, abrindo-se outra porta; e ele levou a mão aos olhos, tal era a luminosidade que vinha lá de dentro. Não podes imaginar que lugar mais fascinante! Havia ali carapaças de tartaruga cheias de pérolas e rubis; e ouro maciço guardado em arcas de pele de elefante; e safiras em taças de cristal; e esmeraldas verdes em finos pratos de marfim; e turquesas e berilos dentro de sacos de seda; e ametistas dentro de grandes conchas.

"Quando o imperador retirou a mão dos olhos, disse-me: 'Aqui está o meu tesouro: metade dele é teu. Providenciarei os camelos e os cameleiros. Vai esta noite, pois não quero que o sol, meu pai, veja nesta cidade um homem que não posso matar.'

"Minha resposta foi esta: 'Tudo aqui é teu; quero apenas o anel que tens no dedo.' O imperador, muito sério, falou-me: 'É um simples anel de chumbo. Não tem o menor valor. Leva esta noite a metade do meu tesouro.' Disse-lhe que não; só queria o anel de chumbo, pois sabia o que estava inscrito nele e o valor dessa inscrição. O imperador ofereceu-me o tesouro todo.

"Então eu fiz uma coisa estranha, mas não falemos nisso; em uma gruta aqui perto, escondi o Anel da Riqueza. Está à tua espera. Quem possuir esse Anel, será mais rico do que todos os reis do mundo. Vem comigo e serás o homem mais rico do mundo."

Mas o jovem pescador ficou a rir, exclamando:

— O amor é melhor do que a riqueza! E eu tenho o amor da sereia.

— Não, não há nada melhor do que a riqueza — afirmou a alma.

— O amor é melhor! — repetiu o pescador, voltando para o fundo do mar. E a alma, chorando, afastou-se.

No fim do terceiro ano, a alma chegou à beira do mar e chamou o pescador, dizendo que tinha visto outras coisas extraordinárias.

— Em uma cidade que conheço, há uma estalagem junto ao rio. Estive lá com marinheiros que bebiam vinho de duas cores diferentes e comiam peixinhos salgados, servidos em folhas de louro, com vinagre. Ao som de um alaúde, uma moça de rosto velado começou a dançar diante de nós. Seus pés descalços moviam-se sobre o tapete como duas pombas brancas. Nunca vi nada tão belo; e a estalagem não é longe daqui, só a um dia de viagem.

Ora, o jovem pescador lembrou-se de que a sereia não tinha pés e não podia dançar. Doido de vontade de ver a bailarina, pensou: "É um dia só de viagem; depois volto para o meu amor." Sorrindo, começou a andar pela praia e estendeu os braços para a alma. Esta, com um grito de alegria, entrou dentro dele, e o pescador viu estender-se na areia a sombra do corpo que é o corpo da alma.

Caminharam depressa a noite toda, à luz do luar, e o dia todo à luz do sol, chegando ao anoitecer a uma cidade.

— Não é esta a cidade, mas uma outra — disse a alma.

Passaram pelas ruas, e o jovem pescador viu uma linda taça de prata na loja de um joalheiro. Disse-lhe a alma:

— Esconde a taça na dobra da túnica.

Ele assim fez, e deixaram apressadamente a cidade. Quando já se achavam a uma légua de distância, o pescador jogou a taça fora:

— Por que me disseste para esconder a taça?

— Calma, calma! — disse-lhe a alma.

Na noite do segundo dia, chegaram a uma cidade, e o jovem perguntou:

— É aqui?

— Não, é uma outra cidade. Mas vamos entrar.

Entraram e, quando passaram pela Rua dos Mercadores de Sandálias, o pescador viu uma criança junto de um jarro.

— Bate nessa criança! — ordenou a alma.

Ele bateu no menino até fazê-lo chorar, e saíram apressadamente da cidade. Quando já estavam a uma légua de distância, o rapaz, indignado, perguntou à alma:

— Por que me mandaste bater no menino?

Mas a alma respondeu:

— Calma, calma!

Na noite do terceiro dia, chegaram a uma cidade, e a alma disse:

— Talvez seja aqui a estalagem da bailarina. Vamos entrar.

Percorreram as ruas, mas em nenhum lugar encontraram o rio, a estalagem e a moça. O povo olhava para o pescador com curiosidade, assustando-o.

— Vamos embora.

— Não, vamos ficar! — replicou a alma. — A noite está escura e há ladrões pela estrada.

O pescador sentou-se na praça do mercado. Ali passou, pouco depois, um mercador com uma lança feita de chifre, colocada na ponta de um bambu. Perguntou-lhe o homem:

— Por que está sentado nesta praça? Todas as tendas estão fechadas.

— Não pude encontrar pousada e não tenho parentes que me abriguem.

— Somos todos irmãos — disse o mercador. — Não foi Deus que nos criou a todos? Tenho um quarto de hóspedes, vem comigo.

O jovem levantou-se e foi para a casa do mercador, que lhe trouxe água de rosas em uma bacia de cobre, melões maduros e um prato de arroz com carne de cabrito.

O pescador agradeceu-lhe e beijou o anel que ele trazia no dedo. Deitou-se em um tapete de pele de cabra e adormeceu.

Três horas antes do amanhecer, foi despertado pela alma:

— Mata o mercador e rouba-lhe o ouro, pois precisamos dele.

O pescador deslizou sem fazer barulho até o quarto do mercador. Aos pés deste estavam uma pequena espada e uma bandeja com nove bolsas de ouro. Ao tocar na espada, o mercador acordou; pôs-se de pé com um salto e gritou para o jovem:

— Pagas o bem com o mal? Querias sangue quando te dei bondade!

— Mata este homem! — disse-lhe a alma.

E ele assim fez, apoderando-se das bolsas de ouro e fugindo por um pomar de romãs.

Quando iam a uma légua de distância, o pescador bateu no peito e disse à alma:

— Por que me mandaste matar o mercador e roubar o ouro? És má, és muito má.

— Calma, calma! — retorquiu a alma.

— Não, não posso mais ter calma; tenho horror a tudo que me fizeste praticar. Tenho horror também de ti e gostaria de saber por que me obrigaste a fazer essas coisas.

— Quando me mandaste embora, não me deste coração: foi assim que aprendi a fazer estas coisas e a gostar delas.

— Que estás dizendo?

— Sabes bem o que estou dizendo. Ou acaso te esqueces de que não me deste coração? Vem: temos nove bolsas de ouro!

Ao ouvir isso, o pescador estremeceu e disse à alma:

— É demais a tua maldade: por tua causa esqueci o meu amor; só me ofereces tentações e me levas para o caminho do pecado.

— Vamos para outras cidades — disse a alma — encontrar os prazeres da vida.

Mas o pescador atirou as nove bolsas no chão e começou a pisá-las:

— Não! Não quero mais nada contigo nem irei contigo a lugar algum. Vou deixar-te outra vez.

Virou-se de costas para a lua, e, com a faca da feiticeira, fez força para separar dos pés a sombra do corpo que é o corpo da alma.

Mas a alma não se afastou dele, dizendo-lhe apenas:

— A fórmula que aprendeste não vale mais. Uma vez na vida, só uma vez, um homem pode livrar-se da própria alma; mas aquele que a recebe de volta há de ficar com ela para sempre. Este é ao mesmo tempo o castigo e o prêmio dos homens.

O pescador ficou pálido e exclamou de punhos cerrados:

— A feiticeira me traiu! Ela não me disse nada disso!

— Não — replicou a alma —, a feiticeira foi sincera.

E quando o jovem compreendeu que jamais poderia livrar-se de sua alma, daquela alma cheia de maldade, deitou-se no chão e começou a chorar.

Quando se levantou, ao surgir o dia, disse à alma:

— Vou amarrar as minhas mãos para que não possam obedecer às tuas ordens; cerrarei os lábios para que não digam as tuas palavras; e vou viver na praia, perto de quem amo. Vou chamá-la para dizer-lhe o mal que fiz e o mal que me fizeste.

E a alma voltou a tentá-lo:

— Quem é a tua amada, para que voltes a ela? Há no mundo criaturas muito mais belas. Há bailarinas que dançam com os animais. Riem quando dançam. Por que te preocupas tanto com o pecado? Vem comigo. Há veneno no que é doce de beber? Vem comigo, não te aflijas.

Mas o pescador não respondeu, cerrando os lábios com o lacre do silêncio. Com uma corda amarrou as mãos; e tomou o caminho da enseada, onde a sereia costumava cantar. A alma continuou a tentá-lo por todo o caminho, mas ele nada respondia nem cedia às tentações, tão grande era a força de seu amor.

E quando chegou à beira do mar, desatou a corda, retirou dos lábios o lacre do silêncio e chamou pela sereiazinha. No entanto, embora passasse o dia inteiro a chamá-la, ela não apareceu.

A alma zombou dele:

— Decerto, ela não encontrou muita alegria em teu amor. Farias melhor coisa se me ouvisses, porque eu sei onde fica o Vale dos Prazeres.

Sem responder, o pescador construiu junto à rocha uma cabana de junco e aí viveu durante um ano. E chamava a sereia o dia inteiro. E ela jamais reapareceu, e ele jamais a encontrou nas grutas, nas ondas e nas poças deixadas pelas marés.

A alma, sempre a tentá-lo, segredava-lhe coisas terríveis. Sem êxito.

Depois de mais um ano, a alma pensou consigo mesma: "Tentei o meu senhor com o mal, e sua paixão teve mais força. Agora vou tentá-lo com o bem; talvez venha comigo." E assim lhe falou:

— Não me deste ouvido quando te contei as alegrias do mundo. Quero agora falar-te das dores do mundo. A dor é a senhora de tudo: não há ninguém que possa escapar à sua rede. Há gente sem roupa, há gente morrendo de fome. Há viúvas que se vestem de seda e outras que se escondem em trapos. Há leprosos andando nos caminhos, e são maus uns para com os outros. Há mendigos de mãos vazias. Vamos acabar com tudo isso! Por que hás de ficar aqui a chamar por uma amada que não responde? Que é o amor, para que lhe dês tanta importância?

Mas o jovem pescador nada disse. E continuou a chamar pela sereia.

Depois de mais um ano, a alma disse ao pescador:

— Teu amor é mais forte do que as tentações do bem e do mal. Não te tentarei mais: só te peço que me deixes entrar em teu coração, para que possamos ser uma coisa só.

— Decerto que podes entrar — respondeu o pescador —, já deves ter sofrido muito por falta de coração.

— Ah! — exclamou a alma. — Não há espaço para mim em teu coração cheio de amor! Não consigo entrar!

E do mar veio um grito de dor, o grito que os homens escutam quando morre um filho ou uma filha do mar. De um salto, o rapaz levantou-se e saiu correndo. Ondas escuras iam levando para a praia uma carga mais clara do que a prata, como uma flor a flutuar. A espuma a recebeu das ondas, entregando à praia o corpo da sereiazinha. Morta aos seus pés.

A chorar, como se fosse de dor física, ele inclinou-se, beijando o vermelho de sua boca e acariciando seus cabelos úmidos. Atirou-se depois a seu lado, sobre a areia, chorando como alguém que estremece de alegria.

E, confessou-se àquela coisa morta, sussurrando-lhe ao ouvido toda a sua amarga história. Amarga também era a sua alegria e cheia de estranho prazer a sua dor.

O mar sombrio aproximava-se cada vez mais, e a espuma gemia.

— Vai-te embora! — gritou-lhe a alma. — As ondas vão te matar. Não queiras mandar-me sem coração para o outro mundo.

Mas o pescador não deu ouvidos à alma, dizendo à sereia:

— O amor é melhor do que a sabedoria, mais precioso do que a riqueza e mais belo do que os pés das filhas do homem. O fogo não o queima, a água não o apaga. Eu te chamei de madrugada e não vieste. Foi para infelicidade minha que te deixei e errei pelo mundo. Mas sempre levei comigo o meu amor. Agora, quero morrer contigo.

A alma suplicou-lhe que partisse, mas ele se recusou, por amor, beijando os lábios frios da sereia. E todo tomado de amor, seu coração partiu-se. E, assim, a alma pôde entrar lá dentro, e os dois se tornaram uma coisa só como outrora. E as ondas do mar cobriram o corpo do pescador.

De manhã, o padre saiu para benzer o mar, que tinha andado furioso. Com ele iam os monges, os músicos, os meninos que seguram os turíbulos e grande acompanhamento.

Ao ver o pescador afogado na linha de espuma, com o corpo da sereia em seus braços, fez o sinal da cruz e recuou, falando bem alto:

— Não vou mais benzer o mar nem nada que existe no mar. Maldito seja o povo do mar e os que se entendem com ele. Quanto àquele que se esqueceu de Deus e aqui jaz com a sua amada; por sentença do Céu, digo que apanhem os dois corpos e os enterrem bem longe, em terra árida, sem colocar no túmulo qualquer sinal, para que ninguém possa saber o lugar de suas covas. Malditos foram em vida e malditos serão na morte.

O povo fez como ele ordenou, enterrando-os em um distante campo sem vegetação.

Depois de três anos, em um dia santo, o padre foi à igreja para falar aos fiéis sobre a ira divina.

Só então notou que o altar estava coberto de flores estranhas, que nunca tinha visto. Flores maravilhosas, que lhe perturbavam a vista e o olfato, e transmitiam uma alegria sem explicação.

Quando quis pregar o sermão sobre a cólera celeste, ficou ainda mais perturbado com o perfume das flores e acabou falando sobre o amor de Deus. E não sabia por que falava desse modo.

Quando acabou de falar, a multidão chorava, e ele também foi chorando para a sacristia. Depois que lhe retiraram todos os paramentos, perguntou ao sacristão:

— Que flores são aquelas colocadas no altar? De onde vieram?

— Que flores são, não sabemos; mas vieram daquele campo em que enterramos o pescador...

O sacerdote, trêmulo, foi rezar em casa.

Na manhã seguinte, pouco antes de surgir o sol, saiu com os monges, os músicos, os portadores de círios, os meninos do incenso e um grande acompanhamento.

E foi benzer o mar. E todas as coisas que existem no mar. Abençoou todos os seres pagãos que dançam na floresta, todas as coisas do reino de Deus. O povo ficou espantado e alegre.

Mas as flores não nasceram mais naquele campo, que voltou a ser estéril como antes. E os filhos do mar não voltaram mais à enseada, porque se mudaram para outro recanto do oceano.

DIREÇÃO EDITORIAL
Daniele Cajueiro

EDITORA RESPONSÁVEL
Luana Luz

PRODUÇÃO EDITORIAL
Adriana Torres
Laiane Flores
Juliana Borel
Macondo Casa Editorial

REVISÃO
Carolina Rodrigues
Luciana Figueiredo
Allex Machado

CAPA, PROJETO GRÁFICO
& *diagramação*
Fernanda Mello
Angelo Bottino

Este livro foi
impresso em 2023 para
a Nova Fronteira.